DICK HASKINS

Obsessão

ASA
LITERATURA

Este livro foi composto por
Maria da Graça Samagaio, Porto,
e impresso e acabado por
GRAFIASA,
Rua D. Afonso Henriques, 742 – 4435-006 Rio Tinto
PORTUGAL

1ª edição na ASA: Março de 2002
ISBN 972-41-2756-7
Depósito Legal nº 172584/01

ASA Editores II, S.A.

Sede
Av. da Boavista, 3265 – Sala 4.1
Telf. 226166030 • Fax 226155346
Apartado 1035/4101-001 Porto • Portugal

Delegação em Lisboa
Av. Dr. Augusto de Castro, lote 110
Telf. 218596118 • Fax 218597247
1900-663 Lisboa • Portugal

E-mail: edicoes@asa.pt
Internet: www.asa.pt

ESCLARECIMENTO

A reprodução fotográfica das duas primeiras páginas de um Passaporte Português foi devidamente autorizada pelas Entidades Oficiais, a quem o autor manifesta o seu reconhecimento.

Os nomes e as referências de identificação mencionados nessas páginas foram atribuídos pelo autor a personagens fictícias. Qualquer semelhança que possa existir entre esses nomes e os de outras pessoas, vivas ou falecidas, é pura coincidência, bem como o será no que respeita aos nomes de todas as restantes personagens.

O enredo é, igualmente, puramente fictício.

OBSESSION

Toujours lui! Lui partout!
Ou brûlant ou glacée,
Son image sans cesse ébranle
Ma pensée.

VICTOR HUGO
(Les Orientales)

Introdução

O funcionário do Serviço de Imigração abriu o passaporte e leu:

Depois, sacudiu a cinza do cigarro e voltou a página.

Identificação — Signalement

		MULHER — FEMME
Estado Civil / Etat civil	Casado	Casada
Profissão / Profession	Escritor	e/casa
Local e data do nascimento / Lieu et date de noissance	Lisboa 11 de Novembro de 1929	Lisboa 4 de Agosto de 1931
Residente em / Demeurant à	Lisboa	Lisboa
Altura / Taille	1,78 m	1,61 m
Olhos / Yeux	Castanhos	Verdes
Cabelo / Cheveux	Preto	Preto
Cor / Teint	Branca	Branca
Sinais particulares / Signes particuliers		

Filhos — Enfants

NOME — NOM	IDADE — AGE	SEXO — SEXE

— 2 —

O funcionário do Serviço de Imigração observou os dois retratos colados na página 3. Finalmente, pôs o carimbo ENTRA-DA na página 5, esboçou um sorriso e perguntou:

— Quanto tempo pensam permanecer na Grã-Bretanha?

— Dez a doze dias — respondeu Pedro.

— Onde vão residir durante a vossa permanência?

— Em Londres.

O funcionário estendeu-lhe o passaporte e desejou, amavelmente:

— *Welcome to England, sir.*

Pedro agradeceu, aceitando a devolução do passaporte. Depois, Pedro e Vera saíram do gabinete onde, no barco, se encontrava instalado o Serviço de Imigração e dirigiram-se ao *deck* da 1.ª classe.

Soprava um vento frio, que encapelava o mar e lhes fustigava o rosto de pequenas gotas de água. O céu estava límpido e azul, e as rochas brancas de Dover constituíam um espectáculo deslumbrante.

Vera apertou o braço do marido e disse-lhe com os olhos brilhantes:

— Vive bem o princípio da realização do teu sonho!

— Estou a vivê-lo — proferiu Pedro, sem desviar a atenção da paisagem e abrindo o estojo da *Zeiss*.

Atrás deles, um casal de italianos, falando apressadamente, não ocultava a sua excitação e, algures, um espanhol exclamou:

— *Como és lindo!*

Um bando de gaivotas voou muito baixo, sobre as cabeças dos passageiros, e quase ao mesmo tempo as máquinas afrouxaram e o barco descreveu uma larga curva deixando atrás de si um rasto de espuma.

O cais crescia; via-se a agitação frenética dos carregadores e já se ouvia o rumor das suas vozes.

Chegavam a Dover.

I

Sentou-se ao balcão e começou a beber lentamente a cerveja. O bar estava cheio de gente, de ruído e de fumo.

Lá fora fazia um frio de enregelar e o nevoeiro camuflava tudo o que caracterizava a estreita Wardour Street: o Restaurante Chinês, o Chez Victor, o Chez Solange... No acanhado Rupert Court, um reclamo luminoso, sobre uma porta de dois dedos de largura, anunciava: STRIP-TEASE; quem quisesse lá ir pagava no mínimo 12 *shillings*.

Pedro pensou que, se estivesse na pele de uma artista de *strip-tease*, não iria dar espectáculo naquela noite, nem que lhe pagassem a dobrar! E pensou nisso exactamente no momento em que a viu entrar. Ela surgiu do nevoeiro, ao abrir a porta, e infiltrou-se na extensa nuvem de fumo que pairava no bar. Tinha o cabelo cor de azeviche e os olhos de um verde-esmeralda. A sua boca era pequena e graciosa, e o corpo excelentemente proporcionado, com pernas altas e bem feitas.

Pedro sorriu no seu íntimo. Sentia-se profundamente emocionado com as primeiras impressões daquela gigantesca cidade de dez milhões de almas; sentia-se emocionado com a Londres que tantas vezes descrevera nos seus livros, servindo-se apenas do auxílio de folhetos turísticos, mapas, romances e cinema; o que fizera até ali aliando ao precioso auxílio daqueles documentos o desejo de ele próprio conhecer a cidade e registar as *suas* impressões. Quando desembarcara do comboio, em Victoria Station, não sentira a menor decepção nem tão-pouco, e num certo sentido, verdadeiro deslumbramento; era aquilo mesmo o que idealizara da meia dúzia de livros que tinha escrito até à data. O acontecimento de pousar o pé pela primeira vez na cidade que tanto desejava conhecer não constituía mais do que penetrar numa das páginas dos seus manuscritos, misturando--se com as personagens num cenário solarento, nebuloso ou de chuva miúda e persistente...

Talvez fosse pura sugestão, mas a rapariga que acabava de entrar no bar correspondia à heroína que idealizara no primeiro original: os mesmos olhos, o mesmo cabelo...

Um tipo, ao fundo do balcão, berrou que o café sabia a baratas. O *barman* respondeu-lhe, impassível.

— Se não gostas do café que te dou, põe-te a *cavar*... — Mas o *barman* calou-se, acto contínuo, e dedicou um sorriso à rapariga que se inclinava para ele nesse momento.

Pedro não ouviu o que ela lhe disse, mas calculou o que tinha sido quando viu o *barman* retirar o telefone de debaixo do balcão e colocar-lho na frente. Viu-a marcar um número e, intimamente, desejou-lhe que conseguisse dizer e ouvir qualquer coisa no meio daquele barulho infernal.

Bebeu outro golo de cerveja e comeu a última azeitona recheada que havia no prato. O *barman* aproximou-se, passou um pano húmido pelo tampo do balcão, à sua frente, e murmurou:

— Aquela garota — e os seus olhos desviaram-se furtivamente, indicando-a. — É a terceira vez que aqui vem e que me pede para utilizar o telefone... Acha que isto tem aspecto de cabina pública, *sir*?

Pedro sorriu-lhe. Foi a sua única resposta, apesar de falar inglês quase perfeitamente. Por um momento, pensou naquilo que ele considerava um dom, um dom para si e para a maioria dos latinos, em especial; o domínio de mais de um idioma estrangeiro constitui, sem dúvida, uma qualidade dos povos latinos. Em contrapartida, se ele falasse português em Inglaterra ninguém o entenderia. Contudo, Vera suplantava-o de longe; falava inglês perfeitamente...

Pedro olhou para a rapariga. Os lábios dela moviam-se, mas

era como se estivesse a observar uma cena do cinema mudo: não conseguia ouvir uma única palavra do que dizia.

Bebeu o resto da cerveja.

— Outro copo, *sir*? — perguntou o *barman*.

— Não, obrigado.

O *barman* retirou o copo da sua frente e limpou o balcão novamente.

— Já reparou nos olhos dela?

— Não — mentiu Pedro. Pensava que o homem se referia à cor dos olhos, mas enganava-se.

— Ainda não viu a expressão de medo que há naqueles olhos?! — insistiu o *barman*. — Macacos me mordam se ela não está metida nalgum sarilho! O Soho não é o sítio ideal para uma garota andar a passear sozinha, não lhe parece?

Pedro moveu a cabeça em sinal de assentimento e pensou:

«Julgará este tipo que conheço o Soho como a palma das minhas mãos? Talvez ele pense que sou inglês; a minha pronúncia não deve ser má...»

— Ela está branca como a cal!

Pedro desviou o olhar dos olhos inchados do *barman* e voltou a concentrar a atenção na rapariga.

«Sim, talvez o homem tenha razão.» Desceu do banco e fitou-a de soslaio. Ela pousou o auscultador no descanso e manteve-se alguns segundos com a mão no aparelho e os olhos em alvo, fixando um ponto indeterminado.

Pedro apagou o cigarro no cinzeiro que tinha em frente de si e colocou algumas moedas sobre o balcão. Ela deixou a atmosfera fumarenta do bar para voltar a meter-se no nevoeiro da noite. Os seus passos, apressados, perdiam-se já longe, na esquina da rua, quando Pedro saiu. O cabelo brilhava-lhe levemente sob a luz de um lampião, mas no nevoeiro ela parecia mais uma figura fantasmagórica, uma personagem lendária, do que um ser humano.

Pedro estugou o passo e virou na Lisle Street. Ela parou, indecisa, uma dezena de metros mais à frente, o contorno do seu corpo esfumado e impreciso; talvez o tivesse feito por ter ouvido os passos de Pedro e pressentir que era seguida...

Pedro parou e acendeu um cigarro. Não apagou a chama do isqueiro durante uns segundos, procurando fazer-lhe crer que o seu gesto era absolutamente natural.

A chama ainda ardia, quando voltou a escutar os passos da rapariga, desta vez mais rápidos do que no princípio. Viu-a voltar na primeira rua à direita. Tornou a acelerar o andamento a tempo de lhe ouvir os passos interromperem-se em frente de um prédio de três andares.

Pedro atravessou a rua e encostou-se ao edifício fronteiro. Tragou o fumo longamente e atirou o cigarro para o chão; um ponto incandescente deslizou no asfalto e morreu numa poça de água.

Por que diabo a tinha seguido? Por causa do seu palmo de cara, do cabelo negro e dos olhos verdes? Para experimentar a emoção de uma cena semelhante às que já tinha escrito? Pensou em Vera; naquele momento ela já devia ter retirado as roupas das malas para as arrumar na cómoda e no roupeiro do quarto que tinham alugado em Ebury Street. Ainda não estavam em Londres há mais de cinco horas, mas ele tinha resolvido fazer uma primeira visita ao Soho naquela noite mesmo. Talvez até Vera já estivesse a dormir; sentira-se fatigada da viagem e não tinha querido sair...

Uma luz ténue acendeu-se por detrás dos vidros e da fina cortina de *nylon* de uma das janelas do rés-do-chão do prédio em frente. A rapariga apareceu defronte do grande espelho suspenso da parede, ao fundo do quarto e defronte da janela, e manteve-se aí, imóvel, durante um momento. Pedro notou que ela se admirava minuciosamente, e achou disparatada a observação do *barman*: «Ainda não viu a expressão de medo que há naqueles olhos?!» Uma pessoa aterrorizada não se admira com toda a calma em frente de um espelho!...

Mas não era isso o que ela fazia. Quando, subitamente, se voltou, era tarde de mais para tentar assumir qualquer atitude defensiva. Uma figura — a de um homem — surgiu no espelho, mais afastada e mais sombria, mas Pedro viu a arma que *ele* empunhava.

A primeira bala partiu e o orifício e a teia que o rodeava, desenhando-se no espelho, ocultaram o rosto do homem.

O segundo e o terceiro tiros atingiram-na. Pedro viu-a encostar-se ao espelho, por escassos segundos, e cair depois para a frente.

Pela primeira vez na sua vida, Pedro avaliou o quanto era diferente uma cena real de uma cena criada na sua imaginação. Sentiu-se gelar, e as pernas começaram a tremer-lhe. O coração batia-lhe desordenadamente.

De início, sentiu-se pregado ao chão, colado à parede; todos os seus músculos estavam demasiado tensos para que conseguisse mover-se, mas impensadamente e de súbito, como se fosse possível separar do corpo a alma e o medo, atravessou a rua em corrida e entrou como um suicida na escada escura.

Estacou, tomado de pânico, como se a alma e o medo lhe tivessem vindo no encalço do corpo. Respirava apressadamente, com dificuldade, como se tivesse acabado de percorrer dezenas de metros em corrida vertiginosa. Ouviu o ruído no seu lado esquerdo. Por puro instinto, voltou-se na escuridão e levantou um braço na defensiva. Mas o pé embateu-lhe em cheio na cara; sentiu perfeitamente o tacão de borracha e a sola maciça, como se fosse uma barra de ferro.

O golpe impeliu-o até uma parede, algures, e pareceu-lhe que a nuca lhe estalava ao embater naquele obstáculo.

Ainda conseguiu perceber que alguém saltava sobre o seu corpo e ouviu, a seguir e já indistinto, o ruído de passos lá fora.

Depois, mergulhou na inconsciência.

Num vaivém cadenciado e suave, qualquer coisa muito aveludada afagava-lhe o rosto. As carícias eram acompanhadas de um ronronar junto do seu ouvido.

Quando abriu os olhos, Pedro viu dois ponto verdes brilharem no escuro, e escutou em seguida um indolente miar.

Pedro passou a mão pelo pêlo negro e sedoso do gato, que lhe saltou para o colo. Não pôde avaliar com exactidão o tempo que permanecera inconsciente. Acendeu o isqueiro e viu as horas no relógio de pulso: talvez tivesse perdido os sentidos durante dez ou quinze minutos apenas...

Apagou o isqueiro e mergulhou outra vez nas trevas e num profundo silêncio. Depôs o gato no chão e ergueu-se sentindo uma dor de cabeça nauseante. Passou a mão pela nuca, mas não a sentiu suja de sangue.

Tornou a acender o isqueiro e a chama iluminou a porta que se encontrava ao fundo do átrio, a uns quatro metros de distância do local onde tinha caído. Sentiu medo, mas avançou.

Quando chegou junto da porta, o coração começou a bater-lhe de novo desordenadamente e os joelhos fraquejaram-lhe. Sem que esperasse, a porta abriu-se devagar na sua frente e uma réstia da pálida luz do interior estendeu-se através do pavimento do átrio, até quase tocar nos primeiros degraus da escada.

Pedro sobressaltou-se, ficou tenso e frio como uma estátua, mas descontraiu-se ao ver o gato preto sobressair na faixa de luz, junto da porta entreaberta.

O gato roçou-lhe as pernas, emitiu um miar que parecia, na sua maneira de se expressar, um sentido lamento, e desapareceu, depois, dentro de casa.

Pedro empurrou a porta com o pé e entrou.

Ela estava caída em frente do espelho quebrado. Uma das balas que a tinham atingido atravessara-lhe a cabeça; a outra alojara-se no peito, onde uma mancha de sangue, arredondada, tingia a camisola de lã que trazia vestida.

O gato ronronava agora junto do cadáver. *Não toques em nada; não deixes aqui uma única impressão digital. E sai deste inferno o mais depressa que possas!*

No espelho, e não muito afastado do canto superior esquerdo, o orifício provocado pela primeira bala parecia um olho observando todos os seus movimentos. Sentindo o corpo em pele de galinha, Pedro regressou ao átrio. Protegeu o fecho da porta com o lenço e puxou esta para si. Lá dentro, o gato voltou a miar.

A rua estendia-se solitária à sua frente. Apressou o passo e seguiu em direcção a Leicester Square. Antes de chegar à praça, leu o nome: Leicester Place.

A consciência dizia-lhe que devia comunicar o caso à Polícia; o medo dizia-lhe que não, que devia fugir dali o mais rapidamente possível. Pensou em Vera e nos filhos, que tinham deixado em Portugal; nunca tinha sentido tanto a falta da mulher e dos filhos como naquele momento... Contudo, sabia na perfeição o número para o qual devia ligar e não ignorava que era impossível que o identificassem e localizassem através da chamada, uma vez que não a esperavam.

Entrou na primeira cabina pública que encontrou e marcou o 999. Do outro extremo da linha, uma voz anunciou-lhe *Emergência* e ele pediu ligação urgente à Scotland Yard. Pouco depois, uma voz masculina disse no outro lado:

— Scotland Yard.

Tomou fôlego e participou o crime numa voz apressada e nervosa.

— Espere — disse o telefonista, quando a mão de Pedro se encontrava a meio caminho entre o ouvido e o descanso. — Quem fala? Está...?

A voz morreu; Pedro deixara cair o auscultador no descanso.

Saiu da cabina e não se conteve; começou a correr para a estação do metropolitano.

Uma mão gigantesca perseguia-o, somente na sua imaginação...

A dona da casa tinha-lhe dado uma chave; uma chave do tipo *Yale*. Pedro introduziu-a na fechadura da porta da rua e rodou-a com nervosismo; o fecho não cedeu.

Ouviu passos aproximarem-se, mas não viu ninguém através do espesso nevoeiro: *baque-baque*; *baque-baque*; *baque--baque*.

A casa estava às escuras. Pedro olhou para a janela do seu quarto, mas não descortinou mais do que o leve reflexo dos vidros sobre a escuridão do interior. Vera devia estar a dormir.

Baque-baque. Os passos aproximavam-se.

Tornou a meter a chave na fechadura e rodou-a novamente nos dois sentidos; a porta continuava a não ceder.

Baque-baque.

Começou a sentir-se suado, apesar do frio da noite. Ter-se--ia enganado a dona da casa? Aquela chave podia não ser a da entrada.

Clique: um estalido, e a porta rangeu na sua frente.

Finalmente!

Entrou e fechou a porta atrás de si; o coração acelerado, as pernas tremendo-lhe como ramos verdes; a fraqueza nos joelhos...

Voltou-se, na escuridão, e espreitou pelo ralo da porta: viu o polícia passar em frente da casa; passos largos, iguais, como que controlados por um metrónomo. Uma figura alta e possante, que se perdeu de novo no nevoeiro.

Ainda não viu a expressão de medo que há naqueles olhos?!

Scotland Yard.

Vão a Leicester Place, no Soho... Foi morta uma rapariga numa casa. Não sei o número... mas há luz lá dentro.

Espere. Quem fala?... Está?!

Desapertou o colarinho e respirou fundo. Por que diabo não acendia a luz do pequeno *hall*? A dona da casa tinha-lhe dito onde ficava o interruptor.

Não quero acender a luz! Não quero que me vejam se me seguiram!... Ninguém te seguiu; acalma-te... O assassino pode ter vindo atrás de mim!... Não veio tal! O assassino agrediu-te, porque o assassino tinha que se desembaraçar de ti; tinha que se desembaraçar dos obstáculos que lhe obstruíssem a fuga; tu foste um obstáculo para ele, e talvez ele tenha pensado que eras um inquilino do prédio... O assassino já te esqueceu a esta hora...

Entrou na sala de estar. Um resto de lenha crepitava ainda no fogão de parede emprestando ao ambiente um tom verme-lho-pálido.

Atravessou a sala e subiu a escada, o ruído dos seus passos abafado pela alcatifa que forrava os degraus.

Quando entrou no quarto, fechou a porta à chave. Depois dirigiu-se à janela e manteve-se aí durante uns momentos observando atentamente a rua. No passeio do outro lado, viu a figura esfumada do polícia, desta vez caminhando no sentido contrário.

Ver um polícia dava-lhe uma certa sensação de segurança e conforto.

Correu os cortinados, sem causar ruído, acendeu o isqueiro para se orientar e premiu o interruptor do candeeiro da mesa--de-cabeceira.

Vera estava a dormir. Desejou acordá-la e contar-lhe os epi-sódios que vivera naquela primeira noite em Londres. Mas seria tolice fazê-lo; iria assustá-la. Bastava que fosse ele a sentir medo; não devia procurar alívio dividindo com a mulher os receios que o atormentavam.

No dia seguinte, tudo teria terminado; a Scotland Yard esta-ria em acção e o assassino teria um monte de preocupações com que se entreter.

O seu dever de ser humano estava cumprido: participara o crime à Polícia.

Despiu-se, vestiu o pijama e meteu-se na cama. Vera não acordou.

Acendeu um cigarro; o fumo soube-lhe bem naquela oca-sião, ao lado da mulher e longe daquela casa e do cadáver da rapariga que morrera com uma expressão de medo estampada nos olhos.

Por que motivo a teriam morto? Quem era ela?

Amachucou o cigarro meio fumado no cinzeiro e apagou a luz. Puxou a roupa para cima, a tapar-lhe as orelhas e o nariz, mas sentiu-se gelado.

Por que motivo a teriam morto?

Voltou-se de lado e procurou a todo o custo deixar de pensar. A nuca doía-lhe. Um pé avançava na escuridão. Sentiu o contacto de esse pé na cara e teve a sensação de levantar voo e estatelar-se contra uma parede. Fora aquilo mesmo que acontecera.

Deitado, o sangue afluía-lhe à cabeça e, por isso, as dores aumentavam no local contundido.

Voltou-se para o lado oposto.

Por que motivo a teriam morto? Por que motivo a teriam morto? Por que motivo a teriam morto?

Acendeu a luz e tornou a sentar-se na cama.

— Pedro?

Sobressaltou-se e olhou para a mulher. Ela continuava com os olhos fechados e na mesma posição.

— Que horas são? — perguntou-lhe Vera numa voz ensonada.

— Onze e meia.

— Gostaste...?

— Sim. Dei uma grande volta — murmurou, desejando que a mulher não lhe fizesse mais perguntas. — Dorme, agora. Amanhã conto-te.

Ela calou-se. Não tinha estado a interrogá-lo *completamente* acordada.

Pedro saltou da cama e deu dois passos em direcção à mala de viagem, que se encontrava a um canto do quarto.

— O que é que vais fazer?... Precisas de alguma coisa?

Sentiu-se irritado, mas dominou-se. Parecia-lhe incrível que Vera lhe pudesse fazer tantas perguntas meio adormecida e sem abrir os olhos.

— Vou buscar um lenço à mala — justificou-se.

— Estão na primeira gaveta da cómoda.

Mas, provavelmente, não está na gaveta da cómoda o que eu quero, pensou.

Abriu a gaveta: a carteira com os comprimidos de soporífero encontravam-se lá, no pequeno estojo de medicamentos.

Engoliu um comprimido sem água; não queria sair do quarto receando que Vera ficasse completamente acordada.

Voltou para a cama e desligou a luz.

Por que motivo a teriam morto?

Por que motivo a...

Por que...

Acabou por adormecer profundamente.

II

O assassino vinha a sair do apartamento quando viu o outro atravessar a rua a correr. Puxou a porta atrás de si, sem se voltar e num gesto precipitado, mas não notou que ela tinha ficado apenas encostada. Desviou-se para o seu lado direito e subiu meia dúzia de degraus.

O outro já estava no átrio do prédio, respirando apressadamente e tentando perscrutar a escuridão.

Teria aquele tipo ouvido os tiros, ao passar defronte da casa, e estaria agora ali, armado em forte? Era tremendamente estúpido, porque ia ser atacado. Aquele tipo era um obstáculo a vencer...

O assassino não ignorava que tinha, durante alguns segundos, uma vantagem sobre o outro: os seus olhos já se haviam habituado à ténue luz do ambiente, à fraca luz que provinha da rua; o que para o outro ainda constituía escuridão, para si não passava de penumbra.

O outro estava com medo; o assassino percebeu-o. Quando levantou um pé para o agredir, provocou um leve ruído e o outro voltou-se e ergueu um braço, na defensiva.

«Estúpido», pensou o assassino. «Para que ergueste o braço? Tens a cara completamente descoberta, à minha mercê!»

Assentou-lhe o pé no rosto e projectou-o rapidamente de encontro à parede, com quanta força pôde.

Sentiu o embate da cabeça do outro na parede e viu-o cair à sua frente. Saltou sobre o corpo e saiu.

Alguém teria que dar com o cadáver. Que lhe importava que fosse aquele pobre diabo que acabava de deixar inconsciente?...

Podia ser até o polícia de giro da área, ou o vizinho do andar de cima. Alguém teria de descobrir o cadáver, nem que fosse ao fim de muitos dias pelo cheiro nauseabundo da putrefacção! Sorriu com aquela indiferença do tipo sem escrúpulos que mata um semelhante com o mesmo à-vontade de quem esmaga uma pulga.

O assassino atravessou Leicester Square. Gostava do nevoeiro; sentia-se protegido no meio do nevoeiro, apesar da humidade lhe prejudicar a «velha» bronquite, uma bronquite que já se tornara crónica.

O assassino tossiu ligeiramente e prosseguiu no seu caminho. No meio do nevoeiro...

O telefonista de serviço da Scotland Yard recebeu a participação do crime de Leicester Place às 23.02 e comunicou-a ao sargento-detective William Brackett. Por sua vez, Brackett entrou em contacto com o inspector Andrew Friedman, que tomou as providências necessárias.

— Quem participou o crime, Brackett? — inquiriu Friedman.

— A comunicação foi feita pelo telefone, *sir*, por um homem que não se identificou.

— Chamada anónima, então?! — disse o inspector acendendo um cigarro. — Ligue para a esquadra da área e peça para obterem a confirmação. O tipo não deu o número da porta, pois não?

— Não, *sir*. — Brackett levantou o auscultador do telefone e entrou em contacto com a esquadra. Deu as instruções necessárias e desligou.

Por sua vez, Friedman pegou no telefone e, ao estabelecer ligação com o telefonista, perguntou-lhe:

— Como era a voz do homem que participou o crime de Leicester Place?

— Creio que era vulgar, *sir*.

— O que é que você entende por vulgar?

— Refiro-me ao tom, *sir*. Não era uma voz demasiado sonora, nem fina, nem...

— Não é isso, exactamente, o que pretendo saber. Por outras palavras, como foi que o homem lhe fez a comunicação? Falou depressa, pausadamente...?

— Falou depressa, com um certo nervosismo...

O telefonista calou-se subitamente.

— Há um pormenor, *sir*... Talvez eu esteja enganado...

— Quer você esteja enganado ou não, deve mencionar-me tudo aquilo que suscite dúvidas. A que pormenor se refere?

— Pode dizer-se que a pronúncia do homem era boa... mas não me soou muito bem um nome que ele pronunciou. Quando falou em Leicester Place, referiu-se ao Soho, *sir*. Mas não pronunciou Soho correctamente, aspirando o h, como nós... Disse precisamente isto: *Sôô*.

— Obrigado.

Friedman desligou e tragou o fumo, pensativo.

— *Sôô*. Sim, um inglês, mesmo inculto, não deixaria de pronunciar o *h* aspirado...

A campainha do telefone tocou vinte minutos mais tarde. Brackett atendeu, a um sinal do inspector. Ouviu o que lhe diziam, tapou o bocal com a mão e disse a Friedman:

— O caso está confirmado, *sir*.

— Dê-lhes as instruções rotineiras e acrescente que estaremos lá dentro de um quarto de hora.

O sargento destapou o bocal e cumpriu a ordem.

Andrew Friedman apagou o cigarro e levantou-se da secretária.

«Sôô». Um inglês não deixaria de aspirar o h ao pronunciar Soho...

O assassino saiu da cabina telefónica e voltou a meter-se no nevoeiro, no seu nevoeiro; na camada espessa de humidade onde se sentia protegido, quase confortável.

Atravessou Piccadilly Circus defronte do London Pavillion.

O grande cartaz luminoso do cinema anunciava: Deborah Kerr — Gary Cooper, *THE NAKED EDGE*.

Já tinha visto o filme e gostara, mas achava que o criminoso tinha sido infeliz. O seu plano fora habilmente concebido, mas falhara a execução na hora H.

Pensou no crime que acabara de executar, no seu *próprio* crime. Não tinha cometido uma falha, apesar de que a primeira bala fora desperdiçada, errando o alvo e acertando no espelho um bom bocado à esquerda da rapariga. Era natural... Quando, porém, disparara o segundo e o terceiro tiros já tinha modificado a posição da mão uns tantos centímetros, o suficiente para lhe atingir a cabeça e o peito. Negócio limpo...

O carro preto parou lentamente defronte do cinema e a porta da frente abriu-se. O assassino entrou e ocupou o lugar vago ao lado do homem que ia ao volante.

— Custa-me a crer... — principiou o homem ao volante, pondo o carro em andamento.

— Mas é verdade! Acabei com ela; arrumei o assunto de vez. Não admito traições e dei o exemplo — disse o assassino pronunciando as palavras com ênfase. — Dei o exemplo — repetiu. — Não foram precisos os rapazes para a execução, compreendes? Eu próprio a executei. É bom que saibas que também *sirvo* para executar... apesar de não gostar de sujar as mãos.

O homem ao volante conduzia em silêncio. Admirava-se de que o outro tivesse sido capaz de *executar*. Por outras palavras: admirava-se de que o outro se tivesse dado ao *incómodo* de executar, quando, a uma ordem sua, os rapazes teriam actuado num abrir e fechar de olhos.

— Bom. Dei cabo dela porque receei que os rapazes fizessem muito barulho, compreendes? De resto, seguia-a. Deixei-a actuar como muito bem entendeu. Sabia que tu e alguns dos nossos já tinham tomado conta do rapaz; por isso dei-lhe linha. Como ela andava desesperada, caramba! Esteve em casa do rapaz, saiu por três vezes e foi ao bar onde ele costumava parar, ao *Aracena*; duas de essas três vezes, segui-a e vi-a telefonar do bar. Devia procurar contactá-lo a todo o custo. Voltou de novo a casa dele. Quando a vi sair, pela terceira vez, já sabia que passos ia dar: iria ao *Aracena* e havia de voltar novamente. Decidi entrar em casa dela e esperá-la...

— Por que diabo a deixaste dar tantos *passeios*? — perguntou o homem ao volante.

O assassino riu-se.

— Quis ter a certeza absoluta de que ela nos ia trair. — Calou-se por um momento e retirou da algibeira um papel cuidadosamente dobrado. Estendeu-o depois colocando-o em frente dos olhos do outro. — Lê isto: eu seguro no volante.

O outro leu no papel:

Johnny:

Tenho esperado ansiosamente por ti. Já fui duas vezes ao Aracena *e, de lá, telefonei para o laboratório. Disseram-me que não apareces desde ontem... Estou intrigada! Vou mais uma vez ao bar e volto aqui. Se chegares antes de eu regressar, não saias e espera por mim. Pressinto que estou a correr perigo e já possuo todos os dados para fazermos a denúncia. Preciso de ti, mais do que nunca, Johnny! Não quero ir à Polícia sem que me acompanhes.*

Wanda

O assassino segurou entre os dedos a nota manuscrita que o outro lhe devolveu.

— Hem, que dizes a isto? — perguntou.

— És um tipo com miolos; não há dúvida de que és! — exclamou o outro. — Ela ia meter-nos a todos no forno crematório!

— Sou um tipo com miolos e de acção, compreendes? Posso fazer o mesmo que tu e que os rapazes. Dou o exemplo de como actuar... A idiota tinha deixado esse bilhete em cima de uma mesa, para o rapaz ler... *se o rapaz regressasse a casa* — riu-se.

— Claro que dás o exemplo — concordou o homem ao

volante. Fez a curva para Park Lane e inquiriu: — O que é que fazemos do rapaz?

O assassino voltou a rir-se.

— Apertaram-no? — perguntou.

— Evidentemente.

— E a que conclusão chegaram?

— Ele nada confessou, mas suspeito de que ela já tinha dado com a língua nos dentes...

— O que esperavas tu?! Que ela lhe tivesse dito que éramos bons rapazes, que éramos tipos cheios de moral? Que éramos anjos enviados do céu para purificar as almas cá de baixo?!

O homem ao volante deu uma gargalhada.

— Tens um piadão!

— Pois tenho — admitiu o assassino. E a sua voz mudou bruscamente de tom: — «Despachem» o rapaz; dêem cabo dele. Quero a coisa feita com limpeza. O tipo não pode viver: seria um perigo para nós!

— Está bem, vamos actuar. Tu dás o exemplo.

— Quero a coisa feita com limpeza — repetiu o assassino.

— Conheces as minhas qualidades...

— Claro que sim. Se não tivesses qualidades não trabalhavas para mim nem ocupavas a posição que ocupas.

— Correu-te tudo bem? — perguntou o homem ao volante mudando de assunto.

— O quê?

— O que acabaste de fazer.

— Já te disse que sim... Um tipo qualquer, que passou na rua e deve ter ouvido os tiros, armou-se em fino e entrou na escada. «Assoprei-o» do meu caminho.

— O tipo viu-te?

— Não. Estava escuro com breu. Além disso, fechei-lhe os olhos antes que ele pudesse ter más visões.

O homem ao volante tornou a dar uma gargalhada.

— Tens razão! Ninguém se deve meter no nosso caminho!

— Quem o fizer assinará a sua própria sentença de morte! — exclamou o assassino, convicto. Depois, ordenou: — Leva-me a casa. Já posso dormir descansado.

O homem ao volante pousou o pé no acelerador e sorriu.

Mas o assassino tinha-se enganado. O assassino não reparara atentamente naquela janela da casa de Leicester Place; não tinha reparado nas cortinas de nylon, *nem no espelho que se podia ver ao fundo do quarto. E não notou qualquer destes pormenores porque não esperou a rapariga defronte da janela, receando que ela o pudesse descobrir...*

III

Meteram-se no metropolitano, até Charing Cross, onde fizeram correspondência para Regent's Park.

Vera queria visitar o *Selfridges*, onde tinha uma série de compras a fazer; compras para a família, para as amigas. Há sempre quem se lembre de encomendar este mundo e o outro quando alguém vai ao estrangeiro...

No seu íntimo, Pedro aprovava a ideia de Vera passar parte da manhã no famoso estabelecimento de Oxford Street. Continuava a sentir um vazio dentro de si, uma sensação estranha. A cidade que tanto desejara conhecer apresentava-se-lhe sombria e misteriosa. Não era aquele sombrio que faz parte da atracção turística de Londres; era um sombrio que comunicava com ele, que o envolvia e lhe fazia sentir o peso dos olhos dos transeuntes que se cruzavam consigo. Mãos gigantescas perseguiam-no, os indicadores apontando-o, ao mesmo tempo que vozes ressoavam nas grandes artérias da cidade: *Foi aquele que assistiu ao crime. Foi aquele que telefonou para a Polícia.*

Vera entrou no *Selfridges*. Ele ficara de se encontrar com ela, nos armazéns, decorrida uma hora. Tinha uma hora, sessenta minutos, para vaguear sozinho pelas ruas, procurar no jornal a notícia do crime e pensar no assunto. Já alguma vez tinha deixado de pensar no assunto?! Já, enquanto dormira sob o efeito do soporífero. Mas não podia andar vinte e quatro horas por dia sob o efeito de sedativos; seria preferível abandonar Londres...

Atravessou a rua. Oxford Street nunca mais tem fim;

o movimento de veículos e gente é estonteante. Sentiu-se opri-mido.

Um velho vendia a última edição do *Evening*, no passeio do outro lado. Pedro dirigiu-se ao vendedor. Um homem de longa barba cruzou-se consigo. Tinha o cabelo em desalinho e dois cartazes suspensos nos ombros, um do lado do peito e o outro nas costas. Anunciava qualquer coisa que Pedro não leu.

O pequeno *placard* do vendedor de jornais dizia: *Estudante assassinada em Leicester Place*.

Estendeu três dinheiros ao homem e recebeu o jornal em troca.

O retrato dela e a notícia da sua morte, em letras garrafais, vinham na primeira página:

ESTUDANTE ASSASSINADA ONTEM
EM LEICESTER PLACE

*A Scotland Yard recebeu a participação
do crime através de um telefonema anónimo*

Pedro sentiu um calafrio. Tinham dado importância ao tele-fonema anónimo. Porquê? Que interesse haveria nisso? O essen-cial era descobrir o assassino... A Polícia devia estar-lhe grata por ele ter participado o caso. Quanto mais tarde a Polícia é chamada, mais trabalho tem. Podem desaparecer vestígios, pro-vas, em poucas horas... Num romance seu, ele teria dado impor-tância semelhante? Era provável que sim, mas agora não estava a viver um romance; vivia a realidade. Quis afastar a realidade da mente, mas não conseguiu. A realidade estava ali, bem patente, em frente dos seus olhos: ESTUDANTE ASSASSINADA... TELE-FONEMA ANÓNIMO.

Apanhou um encontrão de um lado e, depois, outro do lado oposto. Um homem esguio, dentro de um casaco preto e calças de fantasia, de chapéu de coco e guarda-chuva suspenso do braço dobrado num perfeito ângulo recto, fitou-o com ar superior, desviou-se e seguiu o seu caminho.

O guarda-chuva...

Sentiu as mãos húmidas; o tempo estava húmido. Apeteceu-lhe perguntar às pessoas que se cruzavam consigo: «Também sentem as mãos húmidas? É do tempo, não é? O tempo está húmido. *Não é* de mim»...

O guarda-chuva...

Olhou para o relógio: haviam-se escoado dez minutos; ainda tinha cinquenta minutos para pensar, antes de se ir encontrar com Vera.

Voltou na Baker Street. «Foi nesta rua que morou Sherlock Holmes», pensou. «Connan Doyle arranjou aqui uma casa para a sua famosa personagem.»

Viu um *snack-bar* à sua direita e espreitou o ambiente. Agradou-lhe.

Entrou, pediu um copo de sumo de ananás, ao balcão, e foi sentar-se a uma mesa ao fundo do acanhado bar.

Abriu o jornal e leu a notícia do crime, a reportagem que se seguia ao título:

Wanda Haymes, de 20 anos, estudante universitária, da Faculdade de Medicina, foi encontrada morta, com dois tiros de pistola calibre .38, numa casa de Leicester Place.

A participação do crime foi feita por telefone, por um homem que não se identificou, às 23.02. O inspector Andrew Friedman dirige a secção do Departamento de Homicídios da Scotland Yard que foi destacada para as investigações.

Segundo a opinião do médico legista, Dr. Steve Drummond, Miss Haymes foi assassinada poucos minutos antes de ser recebida a comunicação telefónica anónima.

Não é de crer que o criminoso seja o autor da chamada, mas suspeita-se de que esteja envolvido no caso, acidental ou deliberadamente. Tratando-se da primeira hipótese, o inspector Friedman convida esse estranho a comparecer na Scotland Yard e promete-lhe protecção. Lembra-lhe que todo o cidadão tem o dever de colaborar com a Polícia na luta contra o crime.

A casa onde Wanda Haymes foi encontrada é a residência de um seu colega de curso, John Gilbert, desaparecido há dois dias. Mr. Gilbert trabalha, para se sustentar e custear o seu curso, no laboratório de produtos farmacêuticos Wintworth & Company Ltd.

Miss Haymes, de origem austríaca, foi trazida para Inglaterra, como refugiada, pela CARITAS *e adoptada pelo banqueiro Mr. Christopher Haymes e pela esposa deste. Adquiriu a nacionalidade inglesa há alguns anos.*

As investigações prosseguem. Esperamos publicar mais pormenores nas nossas próximas edições.

Dobrou o jornal e guardou-o na algibeira da gabardina. Tinha ainda quarenta minutos à sua frente, e o *Selfridges* não ficava muito distante dali.

Começou a recordar-se das cenas que presenciara na noite anterior.

A máquina fotográfica não é mais do que um aparelho construído à imagem e semelhança do aparelho visual humano. A única diferença existente entre um e outro está no facto de o primeiro fixar um instante com fidelidade e exactidão, numa fracção de segundo, e reproduzir a imagem obtida num rectângulo de papel, onde qualquer um pode descobrir e observar pormenores. O aparelho visual pode fixar uma cena na mesma fracção de segundo, mas a revelação da imagem obtida não é reproduzida num pedaço de papel, não é palpável, e geralmente não é absolutamente fiel e exacta.

O instantâneo obtido pela retina revela-se somente na câmara escura do cérebro, ou apenas no cérebro daqueles que observaram a cena. E a imagem fixada pode manter-se por longos anos, até por uma vida inteira, mas no seu todo, não na riqueza de pormenores, porque há tendência para um «desgaste», uma perda de nitidez, perda que é directamente proporcional ao tempo decorrido após a observação da cena.

Pedro pensava em tudo isto. A sua máquina fotográfica, na noite passada, tinha sido constituída pelos seus próprios olhos. A *fotografia* que ele conseguira focava a pálida imagem de um assassino, a prática do crime que ele cometera.

Pedro pensou novamente na tendência para uma perda de nitidez da imagem registada no aparelho visual. Recordou-se de episódios importantes da sua vida infantil. Assistira a um atropelamento mortal, havia pelo menos vinte anos, e a sua mente registava ainda com impressionante clareza a poça de sangue e massa encefálica que ficara no local do acidente, depois de a vítima ter sido transportada sem vida para o hospital. Esse quadro estava bem presente no seu espírito, ali mesmo, à sua frente...

Afinal, não há propriamente uma tendência para um «desgaste» nos pormenores fixados. O todo da imagem fixada, o instantâneo obtido pela máquina visual, pode manter-se por toda a vida, mas nessa mesma imagem salientam-se os pormenores que maior influência exercem sobre o observador, *que mais vivamente o impressionaram...*

Consultou o relógio: ainda tinha cerca de vinte minutos para permanecer no *snack-bar*.

A luz fraca, naquela dependência da casa de Leicester Place... Via Wanda Haymes defronte do espelho (estranhara, nessa altura, que a rapariga estivesse assustada, de acordo com a observação do barman *do Aracena). A imagem do assassino surgira então no mesmo espelho; repentinamente, como que por magia. E a atenção de Pedro convergira naquilo que mais o impressionou no momento: na arma que o assassino empunhava. Depois, na teia que o primeiro tiro desenhara junto ao canto superior esquerdo do espelho. Logo a seguir, Wanda Haymes voltara as costas ao espelho, indefesa; a detonação do segundo e terceiro tiros; a queda do corpo de Wanda.*

Não tinha dúvidas. A imagem do assassino passara a pertencer a um plano secundário, depois de Pedro ter visto a teia desenhar-se no espelho e as cenas seguintes...

Pedro retirou do bolso o pequeno bloco de notas e abriu-o na sua frente. Faltavam vinte e poucos minutos para se encontrar com Vera, no *Selfridges*.

Enumerou e escreveu, na devida ordem, os pormenores mais importantes que os seus olhos tinham fixado e que registara mentalmente: *a arma empunhada pelo assassino; a teia desenhada no espelho; a queda de Wanda Haymes.*

Apesar de a «imagem de conjunto» do assassino ter passado, automaticamente, para um plano secundário na cena, cedendo lugar aos pormenores que se haviam sucedido em escassos segundos e que mais vivamente o tinham impressionado, Pedro conseguira ver o assassino da cabeça aos pés; muito embora a zona quebrada do espelho lhe tivesse ocultado o rosto...

Sem, contudo, ser com clareza, lembrara-se, ao receber o encontrão do homem de chapéu de coco, minutos antes e em Oxford Street, *de que o assassino trazia consigo um guarda-chuva...*

Sim, estava agora certo de que tinha visto uma arma numa das mãos do criminoso e um guarda-chuva na outra mão. Não chegara a chover na noite anterior... mas um guarda-chuva, para um inglês, é uma peça de vestuário; como a camisa, o casaco, o sobretudo, faz parte de uma indumentária de todos os dias.

No bloco, Pedro começou a esboçar a imagem do assassino, principiou a tentar «revelar» a «fotografia» obtida pelo seu aparelho visual. A pequena folha de papel representava, a um tempo, o espelho e a pretensa prova fotográfica.

Em poucos minutos, desenhou uma figura trajando chapéu mole, gabardina e calças escuras. A mão direita dessa figura empunhava a arma e a esquerda segurava o guarda-chuva. A cara não se via; no local onde ela devia aparecer, encontrava-se um ponto negro rodeado de finos traços formando uma teia.

Estava ali a primeira prova; uma prova sem retoques. Mas haveria retoques a fazer?

Num gesto irreflectido, Pedro passou a ponta dos dedos pela nuca, ao sentir uma dor ligeira. O alto que apalpou fê-lo recordar-se da agressão sofrida...

Guardou o bloco de notas, entregou o copo vazio à empregada que se encontrava atrás do balcão e saiu do pequeno bar.

Não tinha qualquer motivo para se preocupar com o caso de Wanda Haymes. Nem com o assassino de Wanda Haymes, nem com a Scotland Yard. Era um estrangeiro, um estranho que nada tinha a ver com o crime. Devia mesmo esquecer tudo o que os seus olhos haviam observado.

Voltou para Oxford Street, para o movimento estonteante de gente e de carros. O *Selfridges*, na sua esmagadora grandeza, ficava do seu lado esquerdo; no cimo do edifício, a longa fila de bandeiras agitando-se ao sabor do vento.

Vera encontrava-se no local combinado, na entrada principal; tinha um ar fatigado. No chão, a seu lado, estava um grande saco de papel com o nome dos armazéns impresso. Vera segurava o *Evening*, aberto, nas mãos.

— Fizeste todas as compras? — perguntou-lhe Pedro.

— Nem por sombras! Temos de voltar cá.

Pedro sorriu-lhe e curvou-se para pegar no saco volumoso. Quando se endireitou, o dedo de Vera apontava as letras garrafais da primeira página do jornal.

— Que crime horrível! Já leste isto?

Os olhos do marido fixaram-se involuntariamente no *Evening*: ESTUDANTE ASSASSINADA... TELEFONEMA ANÓNIMO.

— Não — mentiu ele.

— Comprei o jornal para ti... Pode ser que este caso te dê inspiração para o teu próximo livro — e estendeu-lhe o jornal.

«Não devo dizer-lhe; não devo falar-lhe no caso. Nada tenho a ver com o crime! Um verdadeiro acaso do destino colocou-me em frente daquela casa, em Leicester Place. Limitei-me, depois, a cumprir o que eu acho uma obrigação de qualquer ser humano: telefonei à Polícia. E o assunto terminou aí. Nada tenho a ver com o crime! Nada tenho a ver com o crime! Nada...»

— Estás abatido — os olhos de Vera observavam-no atentamente.

Disfarçou um bocejo e outro mais, a seguir. Dobrou o jornal e juntou-o ao exemplar que já se encontrava na algibeira da gabardina.

— Dormi mal — desculpou-se. Sorriu, um sorriso forçado, e meteu o braço no dela.

Dirigiram-se para a paragem de autocarro mais próxima.

«Nada tenho a ver com o crime! Ninguém me poderá identificar pela chamada que fiz. Sou um estrangeiro, um estranho... Mas o assassino agrediu-me; ter-me-á fixado? Impossível, completamente impossível. A escada estava escura; ele só pode ter distinguido um vulto, a minha silhueta. Ninguém me poderá identificar. NINGUÉM?...»

A mão de alguém apertou-lhe o braço bruscamente. Estacou, e ele e Vera voltaram-se para trás.

Um homem largou-lhe o braço e sorriu. Tinha um aspecto sebento, barba crescida, olheiras profundas e roxas. A gabardina que trazia vestida fora azul em tempos; agora era tão roxa como as olheiras.

— Desculpe — disse ele numa voz alcoólica. — Isto é seu? — E estendeu-lhe o bloco de notas.

Pedro segurou o bloco com a mão trémula.

— É — esclareceu asperamente. E não lhe agradeceu.

O autocarro para Victoria acabava de parar em frente deles. Entraram.

Quando Pedro olhou para trás, para a paragem, o homem de barba crescida e olheiras profundas estava a fitá-lo; sem expressão, fixamente.

Vera tocou-lhe no ombro. Pedro não se mexeu. O autocarro estava já em movimento e ele via o homem diminuir com a distância que os separava a cada segundo.

— O que foi que te aconteceu? Temos dois lugares lá dentro...

— Aquele tipo...

— O que tem aquele tipo?

Só então caiu em si. Lá longe, o homem sebento mantinha-se na mesma posição.

— Não tem nada — e voltou-se finalmente. — Conheço alguém parecido com ele — mentiu.

Sentia as mãos húmidas, terrivelmente húmidas. Mas não era do tempo...

IV

O assassino atendeu o telefone ao terceiro ou quarto toque da campainha.

— Já leste o jornal? — inquiriu-lhe a voz, do outro lado da linha.

— Já. E daí?

— Sobre o tipo que fez a chamada...?

— Estás preocupado?

— Um bocado... Estou a pensar naquele gajo que agrediste...

— Também já pensei nele, mas uma chamada anónima pode ser feita por qualquer pessoa, não te parece?

— Sim — concordou o outro. — Mas não posso deixar de pensar nele... Tens a certeza de ter actuado perfeitamente?

— Ninguém pode dar o exemplo se não tiver miolos para actuar *perfeitamente*...

— Não me sinto tão à vontade como tu!

— O quê?! — protestou o assassino elevando a voz. — Atreves-te a duvidar daquilo que te digo, hem? Fica sabendo que te meto na ordem, se descarrilas! Não te admito, nem a qualquer dos rapazes, que duvidem um só segundo de mim, corja de idiotas!...

— Acalma-te — arriscou o outro. — Não estou a duvidar de ti; estou a zelar pela tua pele...

— Pela *tua*, queres dizer. Se amanhã me pendurarem na corda, não vais deitar a tua cabeça no meu ombro e chorar. Se puderes ficar à frente do negócio, estás-te nas tintas para o meu cadáver!

— Tem calma...

Mas o assassino não estava calmo; ele sabia-o melhor do que ninguém. Desligou o telefone bruscamente e olhou para o jornal aberto na sua frente: ESTUDANTE ASSASSINADA...TELEFONEMA ANÓNIMO.

Num acto de desespero, fincou as unhas na fotografia de Wanda Haymes e rasgou-a. Depois amachucou todo o jornal até o transformar numa bola e atirou-o para a lareira. A bola rolou sobre os tijolos vidrados e perdeu-se no fundo desta.

Tinha consciência de não ter cometido um único erro. O idiota do tipo que lhe aparecera no átrio da entrada do prédio de Leicester Place não o podia ter visto. De forma alguma! Além disso, pusera-o sem sentidos, certamente, o tempo suficiente para se afastar do local com absoluta segurança. E ainda havia a hipótese de ter sido outra pessoa a fazer o telefonema anónimo para a Polícia. Por que não um inquilino do prédio? Seria aquele tipo um inquilino do prédio?

Chegou à conclusão de que estava a ser demasiado estúpido. A lógica levava-o a admitir que somente o tipo que ele agredira podia ter feito a chamada. Era verdade que não o tinha morto; logo, esse tipo, ao recuperar os sentidos — *e caso tivesse sido atraído ao átrio pelas detonações dos tiros* — teria procurado certificar-se da ocorrência para chamar a Polícia depois... *Mas por que motivo se tinha mantido e se mantinha ainda incógnito?* Por medo? Por não poder, por qualquer motivo forte, dar-se a conhecer à Polícia?

O desespero crescia dentro de si. Devia ter revistado o homem que lhe obstruíra a saída do prédio, ou... devia tê-lo morto também! Esta última hipótese era a que maior segurança lhe teria oferecido.

De súbito, ocorreu-lhe uma ideia. Tratar-se-ia de um chantagista? Se assim fosse, o tipo mostrava com clareza que não tivera a mínima *chance* na primeira oportunidade que se lhe deparara. Não conseguira identificá-lo a ele, assassino; caso contrário, já lhe teria telefonado, ou teria entrado em contacto com ele por qualquer outro meio.

O assassino acendeu um cigarro e ficou a olhar para a mão, que lhe tremia. Era calmo por natureza, mas sentia-se nervoso naquela ocasião.

«Chantagista», pensou: «Se for um chantagista, dou-lhe cabo da pele. O tipo não sabe com quem se vai meter! Sim, entrego o caso aos rapazes; é um assunto para eles resolverem. Transformá-lo-ão em postas... Neste momento, o tipo está a proceder a uma investigação por sua conta, a fim de me descobrir. Se for bem sucedido, não deixará de entrar em contacto comigo *para me dar o golpe*. Então...»

Sacudiu a cinza do cigarro. Depois, levou a mão ao telefone e marcou um número.

— Talvez me tenha excedido, há bocado — admitiu, e percebeu que o outro sorria.

— Disse-te que te acalmasses. Se não confias em mim, em quem mais poderás confiar? Sou o teu único confidente, o teu braço direito. Os rapazes não te conhecem, apesar de desejarem conhecer-te; limitam-se a adorar-te como a um deus pagão! Sabem que tu existes e não ignoram que és tu quem lhes paga. Também sabem que foste tu quem deu cabo dela e que deste um bom exemplo. Admiram-te por isso...

— Acaba com o discurso — cortou o assassino, apesar de se sentir orgulhoso. — É claro que confio em ti. — Fez uma pausa breve. — Qual é a tua ideia sobre o tipo que telefonou à Polícia?

— Ia falar-te nisso há bocado...

— Está bem. Fala agora.

— Bom. Se as coisas se passaram como me contaste, sinto-me inclinado a admitir que se trata da mesma pessoa. Isto liga perfeitamente. O tipo recupera os sentidos, espreita pela janela... Deixaste a luz acesa dentro de casa?

— Deixei, diabo! Esperei-a às escuras, é verdade, mas quando ela entrou não ligou o interruptor que fica junto da porta, o que eu não esperava. Em vez de o fazer, percorreu a sala às escuras e acendeu um pequeno candeeiro que ficava junto do espelho. Depois de a matar tive receio de atravessar a sala para ir apagar a luz...

— Nisso não deste um bom exemplo... — ironizou o outro.

— Bom, eu estava a dizer que ele tinha espreitado pela janela. Muito bem; a seguir correu a avisar a Polícia...

— Mas por que razão não se identificou?

Após um curto silêncio, o outro disse:

— Pode ser um gajo cheio de boas qualidades, como nós!

— Para que te servem os miolos?

— Para serem atravessados por uma bala qualquer dia. Não te esqueças de que sou o teu testa-de-ferro!

— Guarda as piadas para outra ocasião. Já pensaste na hipótese de o tipo ser um chantagista?

Mais um curto silêncio, que o outro cortou por fim:

— Talvez tenhas razão. Esse é um motivo, como muitos outros, para uma pessoa não se identificar à Polícia...

— Bom. Vou dizer-te o que quero — interpôs o assassino. — Quero que tenhas os olhos bem abertos e que limpes a cera dos ouvidos. Sabes que tenho mais com que ocupar o meu tempo. Se vires, leres ou ouvires qualquer coisa acerca do tipo que a Polícia *convida* a identificar-se, comunica imediatamente comigo. Quero dirigir as operações.

— Serás tu a dirigir as operações, se ele deitar o pescoço de fora.

— Óptimo. Por outro lado, se for ele a procurar-me, comunicarei contigo.

— Não conseguiste vê-lo?

— Não. Embora eu tivesse ligeira vantagem a meu favor, o átrio da entrada estava tão escuro para mim como para ele. Posso dizer-te apenas que deve tratar-se de um tipo novo com, talvez, cerca de um metro e oitenta de altura.

O outro deu uma gargalhada e o assassino afastou o auscultador do ouvido, mal-humorado.

— Há dez milhões de pessoas em Londres! Talvez uns tantos milhões desses milhões tenham um metro e oitenta de altura; muitos milhões são criaturas novas...

— Deixa-te de dados estatísticos. Se eu tenho adivinhado que o tipo ia comunicar anonimamente com a Polícia!... Quero dizer, se tenha adivinhado que ele não iria fazer uma banal participação de homicídio...

— *Se*... Não adianta lamentares-te agora! O que é certo é que ele não te fixou. Se isso tem acontecido, a estas horas os jornais traziam a tua descrição física.

— Mas, se ele é um chantagista, pode estar a ser *egoísta*, compreendes? Pode estar a guardar somente para ele a minha descrição física... Contudo, garanto-te que não me viu.

— Tu o dizes. De resto, ainda não pensaste numa coisa: o tipo pode ser um pobre diabo que se limitou a cumprir um dever de bom cidadão, mas que quis, e quer, manter-se na sombra para não se meter em sarilhos. Percebes? Ele ouviu somente os tiros, não viu nada, comunicou o caso à Polícia e pronto; acabou a história para ele: não quer sarilhos nem com um lado nem com o outro.

— Se assim for, não defenderá mais do que a própria pele. Terá uma excelente oportunidade de continuar vivo... Em todo o caso, conserva os olhos bem abertos e os ouvidos desentupidos.

— Farei como mandas.

O assassino desligou o telefone. A mão já não lhe tremia.

John Gilbert tinha os olhos fechados de tão inchados que estavam. Já não via as mãos que o agrediam, nem com que o agrediam. Os homens que o rodeavam não passavam de figuras desfocadas, manchas agitando-se na sua frente.

John Gilbert sabia que estava no fim; já não ignorava que

não o deixariam com vida. Tinham-lhe dito, a princípio, que poupariam Wanda caso ele confessasse; caso ele dissesse tudo aquilo que sabia. Mas ele nada sabia!...

Negara todas as acusações de que fora alvo apanhando pancada e pensando em Wanda ao mesmo tempo. Agora, e inesperadamente, o quarto acanhado em que se encontrava mergulhara num silêncio tumular. O interrogatório e as agressões tinham sido interrompidos.

Gilbert compreendeu que acabara de chegar ao antro uma quinta mancha. As quatro manchas que o rodeavam afastaram-se e a quinta mancha avançou lentamente na sua direcção.

— Não tem mais nada no *estômago* — disse uma voz. — Já vomitou tudo. Negativas, apenas negativas...

A quinta mancha fez sinal ao outro para que se calasse e postou-se em frente de Gilbert, que não podia ver-lhe o sorriso no rosto magro e pálido.

— Acabou a tua história, irmão — disse a quinta mancha. — Estou incumbido de te promover um longo passeio.

Gilbert manteve-se calado, respirando com dificuldade.

— É costume perguntar-se a um viajante da tua categoria qual é o seu último desejo — prosseguiu a quinta mancha. — Veremos o que nos é possível fazer...

Gilbert saiu do seu sono letárgico para inquirir:

— Cumpriram a... vossa palavra?

— Que palavra?

— Pouparam Wanda?

A quinta mancha sorriu, mas Gilbert continuava a não poder ver um único dos seus traços fisionómicos.

— Teríamos o maior interesse em cumprir a nossa palavra, se confessasses... Wanda Haymes sofreu um acidente... Quero dizer, um acidente mortal.

John Gilbert já nada tinha a perder nem a ganhar. Sentia mesmo que era preferível pôr termo à tortura que o atormentava. A quinta mancha estava à sua frente, a dois passos de distância; talvez, até, apenas a um passo.

Gilbert reuniu todas as forças que lhe restavam e partiu ao encontro da morte. Voou da cadeira onde se achava sentado até sentir que a cabeça chocava de encontro a um obstáculo. Ouviu, a seguir, um gemido, logo abafado pelo ruído de uma rajada de pistola-metralhadora.

Caiu para a frente sentindo as balas perfurarem-lhe as costas. Quase que as podia ter contado: primeira, segunda, terceira, quarta...

Tinha vencido, contudo. Acabara de vez com a tortura que lhe infligiam e abreviara o seu fim. Não iria dar-lhes o prazer de o torturarem até à última gota de sangue. Nunca mais!

Ao embater com o rosto no chão, o choque do contacto da pedra fria como gelo despertou-o momentaneamente para um último pensamento: Wanda.

Depois, John Gilbert morreu.

A quinta mancha presenciara a morte de Gilbert, caída sobre o mesmo solo e a pedra fria como gelo. Segurava um lenço junto do nariz ensanguentado. Ergueu-se, por fim, e disse:

— Sabem o que têm a fazer. Ele simplificou-nos as coisas. — Abriu a porta e saiu rapidamente do quarto acanhado.

Dois dos outros quatro debruçaram-se sobre o cadáver de Gilbert.

O sargento-detective William Brackett entrou no *Aracena*, em Wardour Street, muito antes de o bar estar cheio de gente, de ruído e de fumo. Sentou-se ao balcão e pediu um *Martini*.

Quando o *barman* lhe colocou a taça na frente, Brackett identificou-se e pousou sobre o tampo do balcão uma fotografia de John Gilbert.

— É o Johnny! — exclamou o *barman*, com um sorriso. — É estudante de Medicina. Costuma aparecer aqui.

Brackett sabia perfeitamente que Gilbert era estudante de Medicina; a fotografia que trazia consigo fora pedida na secretaria da Faculdade. Além disso, também sabia que Gilbert costumava aparecer no *Aracena*.

O *barman* franziu os olhos.

— Há alguma novidade com o Johnny?! — perguntou. — Esperava que viesse aqui mostrar-me qualquer outra fotografia... Não a de John Gilbert...

— Que fotografia esperava que lhe mostrasse? — disse Brackett, incisivo.

O *barman* coçou uma orelha. Depois, passou a mão pelo queixo. Finalmente, inclinou-se e retirou o jornal de debaixo do balcão, que abriu em frente de Brackett. O seu dedo adiposo apontou o retrato de Wanda Haymes.

— Esperava que me trouxesse esta fotografia, sargento — disse resolutamente.

Brackett não conseguia ocultar a sua admiração.

— Esperava...?!

— Sim, sargento. *Eu sei* que já devia ter ido procurá-los..., mas só li a notícia há mais ou menos duas horas. Tenho aqui o negócio, compreende-me? Ainda não tinha arranjado tempo...

— Passe-me o telefone e vá falando — disse Brackett.

O *barman* colocou-lhe o aparelho junto da taça. Brackett marcou o número da Yard, tapou o bocal e inquiriu:

— O que sabe sobre Miss Haymes?

— Sei que esteve aqui a noite passada... Quero dizer, veio aqui três vezes a noite passada... Pouco antes de ser morta, sargento...

Brackett fez-lhe um gesto com a mão, para que se calasse, e disse para o bocal:

— Liga-me ao inspector Friedman. — Tornou a tapar o bocal e olhou para o *barman*. — Se já leu a notícia, sabe perfeitamente que ela foi encontrada na casa de Gilbert...

— Pois sei, sargento... Mas não creio que o Johnny a tenha morto.

— Nem eu — confessou Brackett. — Há quanto tempo é que Gilbert não aparece aqui?

— Há coisa de uns quatro dias, sargento...

Novo gesto de Brackett, que voltou a destapar o bocal do telefone, ao reconhecer a voz do inspector Friedman.

— Estou no *Aracena*, em Wardour Street, *sir*. Parece-me que o prólogo da história está aqui; o *barman* tem qualquer coisa para nos contar. — Escutou durante uns segundos e desligou. — Vá pensando em todos os pormenores relacionados com o que observou ontem — disse ao *barman*. — O inspector Friedman vem a caminho. — Pegou finalmente na taça de *Martini* e começou a beber.

V

Retirara da algibeira, a um tempo, os dois exemplares idênticos do *Evening*. E era tarde de mais para emendar o erro, porque Vera estava a olhar para ele.

— Já tinhas comprado o *Evening*?! — exclamou, admirada.

Pedro manteve-se em silêncio; não lhe soube responder prontamente. Achou-se a fazer uma figura ridícula, mudo e com os dois jornais na mão. A boca secara-se-lhe por completo. A atenção de Vera estava totalmente concentrada na sua pessoa.

«Diabo!», pensou Pedro. «Não tenho que estar com medo. Não sou nenhum miúdo; nem estou a ouvir uma repreensão por ter comido do frasco da compota! Duas palavras minhas e Vera deixaria de se mostrar intrigada!... Mas não devo assustá-la; devo mantê-la fora disto... Porque eu também vou ficar de fora.»

Pendurou a gabardina num cabide do roupeiro e aproveitou a ocasião — estava de costas voltadas para a mulher — para lhe dizer:

— Estive num bar da Baker Street. Alguém deixou o jornal em cima da mesa que ocupei... Não o li, mas dobrei-o e meti-o na algibeira. Nunca mais pensei nele, confesso. Só agora me lembrei...

Pedro fechou o roupeiro e voltou-se... Afinal, Vera não estava a dar tanta importância ao caso; talvez nem tivesse prestado atenção ao que ele acabara de dizer.

Debruçada sobre o grande saco do *Selfridges*, retirava as compras que tinha feito. Entre elas, Pedro viu uma garrafa de sumo de laranja concentrado, um pão de forma cortado em fatias, queijo e pacotes de sopa instantânea.

— Vou preparar uma refeição ligeira — disse Vera. — Já fizeste o programa para esta tarde?

— O programa?!... Sim, já fiz — e retirou do bolso o bloco de notas. Via na sua frente, de novo, o homem da gabardina roxa: «Isto é seu?» Folheou o pequeno bloco com gestos nervosos. — Marquei para esta tarde a visita à Wallace Collection e ao Museu da Madame Tussaud.

— Podemos, depois, jantar em qualquer parte e vamos ver *The Naked Edge*. Já te esqueceste de que te interessa ver este filme?

Não se esquecera, na verdade. Contudo, não tinha voltado a pensar no filme desde que chegara a Londres.

— Acho boa ideia — concordou, pouco interessado. — Em que cinema está?

— No London Pavillion. A última sessão principia cerca das nove, disse-me Mrs. Cameron.

Mrs. Cameron era a dona da casa. Vera saiu finalmente do quarto. Pedro ouviu-a descer a escada e depois escutou a sua voz e a da dona da casa.

Olhou para os dois jornais, colocados lado a lado, sobre a cama. Cometera um erro imperdoável para quem procura ocultar da mulher o facto de ter assistido à prática de um crime, o facto de ser ele o autor da chamada anónima que o *Evening* noticiava e os consequentes temores que sentia. Estava nervoso, excessivamente nervoso. Já não desejava conhecer a cidade que tanto ambicionara percorrer de um extremo ao outro; não se importava já com os museus, com os monumentos, com os *night-clubs*, com o colorido de um povo e dos seus costumes, que lhe podiam trazer a inspiração para novos livros. Não, Londres adensava-se, no seu espírito, em sombras que cresciam a cada momento...

Acendeu um cigarro, mas o tabaco soube-lhe mal. Não é um cigarro um falso amigo para as horas difíceis? Não é ele que favorece o pensamento e que ajuda a resolver problemas diversos?!

Desesperado, amachucou bruscamente o cigarro no cinzeiro; destruiu o *amigo* que o podia ajudar a pensar...

«Estou com medo. Sinto medo da minha própria sombra!... Quem era aquele tipo da gabardina sebenta? Terei sido descoberto pelo assassino? O ASSASSINO!... Não, ele não me pode ter visto naquele vão de escada, onde reinava uma escuridão quase absoluta... Eu já teria sido atacado... Atacado?! Porquê, atacado?! Não movi um único dedo contra o assassino... até agora, pelo menos! Estará ele a espiar-me? Por intermédio do homem da gabardina roxa? Terá sido esse homem quem matou Wanda Haymes?... Estou a viver uma ilusão pura! Ninguém me seguiu. O homem da gabardina era um tipo qualquer, entre a multidão...»

Sem que tivesse dado por isso, retirara outro cigarro do maço e acendera-o. O tabaco já não lhe soube mal: o falso amigo começava a colaborar.

«E se realmente estou a ser seguido? Devo ir à Polícia?... Eles dizem que oferecem protecção ao autor da chamada anónima, se este não estiver metido na morte de Wanda Haymes... mas prefiro não ter necessidade da protecção da Polícia. Além do mais, uma pequena falha nessa protecção e seria liquidado em dois tempos!»

Tragou o fumo profundamente e expirou-o na direcção dos vidros da janela. Uma nuvem densa, de forma grotesca, retrocedeu de encontro ao seu rosto. «Como um tipo é diferente das personagens que cria! Também sou leitor e, como tal, sei que os leitores têm tendência para imaginar o escritor à imagem e semelhança da sua principal personagem. Há, nesta tendência natural, um erro por excesso. O autor nunca é exactamente a personagem de primeiro plano que criou; poderá ter imprimido uma ou outra das suas qualidades, um ou outro dos seus defeitos à figura fictícia que concebeu, mas não passa daí. Não creio que uma das minhas personagens principais cometesse o erro que cometi com o jornal; não creio que sentisse o medo que sinto, que no seu espírito surgisse um sem-número de dúvidas como surgiu no meu!»

Uma nova nuvem de fumo elevou-se em frente dos seus

olhos e perdeu-se no ar. «Se estou a ser seguido, tenho de defender-me. E se quiser defender-me sem a protecção da Polícia, tenho de ser extremamente cauteloso. E se quiser ser extremamente cauteloso, tenho de pensar, raciocinar com conta, peso e medida. E só posso defender-me atacando... Mas quem sou eu para atacar desprezando o auxílio da Polícia?! Não passo de um desconhecido entre dez milhões de desconhecidos; sou uma gota de água que caiu na imensidade do oceano... Por que diabo fui eu o escolhido, entre milhares de turistas, para assistir àquele maldito crime?... Um acaso do destino? Qual destino! Não acredito no destino!... Mas teria sido mesmo o destino?... Estou a um passo de começar a bater com a cabeça nas paredes, se continuo assim. Tenho as mãos suadas; pequenas gotas de suor frio deslizam nas palmas das minhas mãos, nas rugas que são as linhas onde as ciganas lêem a nossa sina, o nosso destino... Sinto medo!»

Distraidamente, começou a reler a notícia do crime. Quando chegou ao nome de Christopher Haymes, interrompeu-se. Aquele era o pai adoptivo de Wanda; o homem que decerto daria uma fortuna para descobrir o assassino. *Christopher Haymes...*

Abriu o bloco de notas e admirou a figura que tinha esboçado: a imagem registada pelo seu aparelho visual — um apontamento muito vago sobre o assassino vestido de escuro, munido de um guarda-chuva e empunhando uma arma... Uma arma de calibre .38, segundo revelava o jornal.

De súbito, o coração bateu-lhe mais apressadamente; o pormenor era flagrante de mais para que não o tivesse apreendido ainda: a figura que desenhara empunhava a arma na mão direita. «Num espelho plano, cada ponto do objecto e a sua imagem são simétricos, encontram-se situados na mesma perpendicular ao espelho e a igual distância deste.»

O assassino era canhoto, ou, por qualquer outro motivo, não podia disparar uma arma com a mão direita.

Sabia que não estava enganado. Tinha observado a imagem do assassino, directamente. Logo, se na imagem a arma se encontrava na mão direita, *era porque o assassino a empunhara na esquerda!*

Pedro procurou lembrar-se da mão direita do assassino, mas não conseguiu reconstituir esse pormenor com nitidez; não podia precisar se aquela mão segurava no guarda-chuva, ou se este se encontrava apenas suspenso do pulso e se a mão estava oculta na algibeira da gabardina.

Sentiu o desespero crescer dentro de si. Era necessário que se recordasse de pormenores daquela *fotografia abstracta*. Já não tinha a menor dúvida de que a arma fora empunhada na mão esquerda; mas, quanto à outra mão, podia admitir algumas hipóteses. Seria artificial, o braço direito do assassino? Não teria a mão direita? Ou estaria esta mão ligada, temporariamente inutilizada?

Não encontrou resposta para qualquer das questões que acabava de pôr a si próprio. Procurou colocar-se no lugar do assassino. Concluiu depressa que, na situação deste, teria disparado a arma com a mão direita. Não é tão difícil disparar um tiro certeiro com a mão esquerda como difícil — quase impossível — se torna a um destro escrever com a mão esquerda. De qualquer forma, Pedro concluiu positivamente que teria usado a arma na mão direita, *salvo se fosse canhoto, ou se qualquer motivo forte o obrigasse a proceder como tal.*

Afastou-se da janela, excitado. Estava a proceder, afinal, como uma das suas personagens; raciocinava... Mas não queria raciocinar, não queria pensar no caso de Wanda Haymes. Desejava afastar o crime da sua mente, mas não conseguia deixar de pensar nele.

Obsessão? Estaria a ser vítima de uma obsessão?...

— Pedro!

A voz de Vera, vinda lá de baixo, da sala, despertou-o bruscamente.

Saiu do quarto e desceu lentamente a escada.

Obsessão?...

VI

— Quantas vezes veio ela aqui, a noite passada? — perguntou o inspector Andrew Friedman.

— Três — respondeu o *barman* do *Aracena*. — Já disse ao sargento Brackett...

— Neste momento você está a falar comigo — lembrou Friedman. — Por que motivo a fixou?

O *barman* esboçou um sorriso.

— Nunca uma mulher bonita me passou despercebida... Ela era bonita de mais. Além disso estava cheia de medo...

— Medo de quê?

— Não sei.

— Então como é que você sabe que estava cheia de medo?

— Só um cego não o teria notado!

— Notado o quê?

— Que estava apavorada...

— Apavorada?!

— Sim, cheia de medo. Já o disse, *sir*.

— Desculpe. Não o tinha compreendido.

O homem mostrou-se desconcertado.

— Você chama-se Rodriguez?

— Edward Rodriguez.

— Está estabelecido em Londres há dezoito anos?

O *barman* confirmou com um gesto de cabeça e acrescentou:

— Emigrei de Espanha há precisamente dezoito anos, cinco meses...

— ...e dez dias. É essa a informação que temos a seu respeito

— disse Friedman. — Não tem cadastro, montou este bar um ano depois de chegar a Londres e goza de boa reputação. É casado com uma inglesa e tem dois filhos. Nunca pisou o risco.

— Nunca, *sir*.

— Óptimo. Gostamos de pessoas que não pisam o risco, Rodriguez. Por que escolheu este bairro para se estabelecer?

— O Soho? Porque é o bairro dos restaurantes típicos estrangeiros, *sir*!

— Creio que falou em medo — disse o inspector mudando bruscamente o rumo à conversa.

Rodriguez fitou-o procurando adivinhar-lhe o pensamento.

— Não é agora que quero pisar o risco, *sir* — disse ele, com a voz ligeiramente alterada. — Já vos disse que a rapariga estava assustada. Notei-o com estes olhos — e apontou para os olhos. — Entrou aqui três vezes e observou sempre a casa de uma ponta a outra. Procurava alguém; decerto o Johnny.

— A coisa agora é diferente, Rodriguez — proferiu o inspector com um sorriso complacente. — Você está a falar pelo que viu e pelo que *imaginou*; não porque Miss Haymes lhe tivesse dito que estava com medo de alguém ou de qualquer coisa.

— Imaginei?!

— Sim. Por outras palavras: está a falar pelas conclusões tiradas da observação que fez. Talvez você tenha tirado conclusões acertadas. Quantas vezes utilizou Miss Haymes o seu telefone?

— O mesmo número de vezes que aqui veio.

— Três?

— Três, sim.

— Pode recordar-se das horas, aproximadamente?

— Creio que posso. Pelo menos da terceira vez olhei para o relógio, e fi-lo por simples curiosidade. Queria ver de quanto em quanto tempo ela fazia tenção de aparecer por cá! Eram nove e trinta e poucos minutos. Calculo que, anteriormente, tenha vindo aqui pelas oito e tal e cerca das nove...

— Coincide — declarou Brackett correspondendo ao olhar inquiridor de Friedman. — O empregado da *Wintworth* &

Company Ltd. afirma que os telefonemas foram feitos entre as oito e as nove e meia, sensivelmente.

Friedman concordou com um gesto de cabeça e tornou a voltar-se para o *barman*.

— Miss Haymes veio aqui só ou acompanhada?

— Que desse por isso, não a vi acompanhada... Até comentei o facto com um cliente; acho que lhe disse que o Soho não era o local ideal para uma rapariga andar a passear sozinha...

— E qual foi a reacção de esse cliente?

Rodriguez mostrou-se pensativo e encolheu os ombros por fim.

— Creio que se limitou a sorrir — disse.

— Mas ele teria reparado em Miss Haymes?

— Não sei. É natural que sim.

— Porquê?

— Porque lhe apontei a rapariga... e ela merecia ser vista!

— Conseguiu ouvir o que Miss Haymes disse ao telefone?

— Não compreendi uma única palavra. Nem sei como ela conseguiu falar no meio daquela algazarra medonha!

Friedman voltou a olhar para o sargento e este moveu a cabeça afirmativamente.

— O empregado da *Wintworth* referiu-se a um ruído infernal no outro extremo da linha — confirmou Brackett. — Em qualquer das três chamadas recebidas, *sir*.

Friedman sorriu. Gostava que os dados obtidos se ligassem entre si.

— Sabe com quem Miss Haymes pretendia falar, quando utilizou o seu telefone, Rodriguez?

O *barman* tornou a encolher os ombros e voltou as palmas das mãos para o tecto, numa atitude que significava completa ignorância.

— Se não ouvi uma única das suas palavras, como é que...

— Miss Haymes tentou contactar John Gilbert — esclareceu Friedman e os seus olhos não se desviaram dos do *barman*.

— Com o Johnny?!

— Nunca viu John Gilbert acompanhado de Miss Haymes?

— *Le juro por mi madre*, inspector! O Johnny é um bom

rapaz. Vem aqui muitas vezes e conversa comigo entre os golos de duas ou três cervejas. Hei-de perguntar-lhe...

— Também nós o queremos interrogar, Rodriguez. Mas onde se encontra John Gilbert neste momento?

— Pergunta-mo a mim?!

— Estou a lançar a pergunta para o ar, para ver se consigo uma resposta — disse Friedman, com um pálido sorriso.

— Há coisa de uns quatro dias que o Johnny não aparece por aqui.

— Perdemos-lhe a pista de há dois dias para cá — confessou Friedman francamente.

— Onde foi ele pela última vez? — inquiriu Rodriguez, curioso.

— Ao emprego. Quando saiu, às 17.30, ficou de voltar para fazer serão. Mas não tornou a aparecer até hoje.

O inspector desceu do banco e colocou sobre o balcão algumas moedas para pagar os *Martinis* consumidos por si e por Brackett.

— Tomámos nota da sua conduta, Rodriguez, e esperamos boa colaboração... Telefone-me se tiver qualquer coisa a comunicar.

— Farei como diz, *sir*.

Friedman dedicou-lhe um último sorriso e dirigiu-se para a saída, seguido por Brackett.

Antes de deixarem o *Aracena*, o sargento segurou Friedman por um braço.

— Um momento, *sir* — pediu, e voltou-se depois para o *barman*: — Notou se esse cliente, a quem fez o comentário, seguiu Miss Haymes?

— Espere... Talvez, sim. Não sei se ele a seguiu, mas o facto é que saiu logo depois dela — esclareceu Rodriguez.

— Era inglês?

— Quem, ele?

— Sim, ele.

— Claro que era!

— Como é que você está tão certo disso?

— Porque ele falou comigo em bom inglês.

— Falou muito?

Depois de um curto silêncio, o *barman* disse:

— Diabo, acho que não! Sorriu-me muito mais do que falou, em boa verdade!

— Disse, por exemplo...?

— *A beer, please. No* e *Thank you*, que me recorde. Sim, foi só isto o que lhe ouvi dizer.

— O que não significa, propriamente, que ele falasse bem inglês... Será capaz de reconhecer esse cliente?

— Estou certo de que sim — declarou Rodriguez. — Se o voltar a ver...

— Se o voltar a ver — repetiu Brackett, e ele e o inspector transpuseram finalmente a saída.

— Bom trabalho! — elogiou o inspector. — Essa foi uma pergunta que não me ocorreu. É bem certo que você merece uma promoção!

Brackett sorriu. Por seu turno, orgulhava-se de fazer parte da secção chefiada por Andrew Friedman. O inspector era «um tipo fixe» (como ele próprio o classificava) que sabia reconhecer as qualidades dos que trabalhavam sob a sua orientação e que nunca escondia um elogio sincero aos seus subordinados.

Atravessaram a rua, em direcção ao carro que os aguardava.

— Mande um homem obter de Rodriguez a descrição do cliente que saiu do bar a seguir a Miss Haymes — disse o inspector. — Não já; dentro de uma ou duas horas.

— Posso perguntar-lhe qual é o seu ponto de vista, *sir*?

— É simples, Brackett. Você deixou no *Aracena* uma granada pronta a explodir. O *barman* vai ficar a meditar sobre o tal cliente e dentro de duas horas será capaz de o desenhar sobre o tampo do balcão! Talvez até diga quantas riscas tinha a gravata dele!

— Cumprirei as suas instruções, *sir* — disse Brackett abrindo a porta do carro.

— Mas não sei se ganharemos alguma coisa com isso — acrescentou o inspector passando diante de Brackett e sentando-se no banco de trás.

O sargento entrou no carro e puxou a porta para si.

Christopher Haymes vivia numa luxuosa mansão em Eton, nos arredores de Londres. A casa estava rodeada por um imenso tapete de relva e por canteiros onde as mais variadas espécies de rosas da Inglaterra e outras flores se encontravam plantadas. Mas Christopher Haymes tinha especial orgulho nos seus extensos roseirais, aos quais dedicava uma parcela do seu tempo disponível.

O inspector Friedman e o sargento Brackett foram recebidos no escritório. O fim da tarde apresentava-se sombrio e abafado.

Ainda vinha longe o Inverno, ocasião oportuna para o magnífico fogão de mármore italiano, que se encontrava ao fundo da sala de trabalho, consumir uma imensidade de lenha e de carvão, pensou o inspector estendendo a mão ao homem alto e magro que se ergueu atrás da secretária.

— Lamentamos... — principiou Friedman.

— Deixe-se de proformas — atalhou Haymes secamente. — É necessário que abordemos o assunto e isso é que conta. Ponhamos os sentimentalismos de parte.

Friedman não gostou da recepção, mas sabia que as pessoas reagiam a um desgosto das mais variadas formas. Uns acabrunhavam-se de tal modo que era impossível solicitar-lhes colaboração. Outros desfaziam-se em lágrimas e não passavam daí. Alguns, detestavam tanto a Polícia como odiavam o assassino que lhes roubara um ente querido e outros ainda, como Christopher Haymes, pretendiam mostrar-se frios e insensíveis, muito mais fortes do que eram realmente. Eram estes os piores, na opinião de Friedman, porque essa tensão crescente e contida a todo o custo pode resultar num colapso de um momento para o outro, quando menos se espera.

Friedman admirou, contudo, o aprumo do homem de meia-idade que se encontrava na sua frente. O cabelo liso e bem penteado, ligeiramente grisalho nas têmporas, o nariz aquilino e o queixo voluntarioso.

Num gesto rude — que certamente fazia parte integrante da sua aparente insensibilidade — Christopher Haymes ergueu a bengala de cabo dourado e indicou os dois *maples* que o ladeavam.

Friedman e Brackett sentaram-se. Como que a compensar a rudeza do seu gesto anterior, Haymes sentou-se após eles e estendeu-lhes uma caixa de cigarrilhas. Nem um nem outro aceitaram e Haymes serviu-se de uma, acendendo-a em seguida.

— Conseguimos averiguar quais foram os últimos passos que Miss Haymes deu antes de ser morta — participou Friedman. — Pudemos mesmo localizá-la no Soho, nas suas derradeiras três horas de vida; sensivelmente entre as oito e as onze da noite. O caminho que percorreu nesse espaço de tempo estende-se desde Leicester Place (da casa de John Gilbert) ao *Aracena* (um bar de Wardour Street). As primeiras declarações do proprietário do *Aracena* e as de um empregado da *Wintworth & Company*, que atendeu três chamadas telefónicas feitas pela sua filha, conjugam-se perfeitamente. Estamos a procurar reconstituir o que fez Miss Haymes até às oito horas.

— E Gilbert? — inquiriu Haymes no mesmo tom seco.

Friedman abanou a cabeça.

— Não conseguimos qualquer pista ainda desde que ele saiu do escritório, há dois dias, tendo declarado que voltaria ao serão.

— Wanda saiu de casa cerca das dez da manhã, como lhe comuniquei ontem — disse Haymes indicando Brackett.

— Mas a sua filha não apareceu na Faculdade durante todo o dia; faltou a Histologia e a uma aula prática de Anatomia — esclareceu o sargento.

— Custa-me a crer no que diz — disparou Haymes, de mau humor. — Wanda não tinha o hábito de faltar às aulas...

— Contudo, faltou anteontem, *sir* — insistiu Brackett com um sorriso cínico. — As faltas estão marcadas e podem ser verificadas por qualquer pessoa...

— Não estou a duvidar de si! — Haymes elevou a voz, mas controlou-se acto contínuo: — Não duvido do que me diz...

Friedman interpôs:

— O principal objectivo da nossa visita é o seguinte: a chamada anónima que recebemos leva-nos a crer que há uma terceira pessoa envolvida no caso; indirectamente, quero dizer. E o anonimato de esse indivíduo faz-nos admitir, consequentemente, duas ou três hipóteses. — Friedman acendeu um cigarro e prosseguiu: — Pode tratar-se de um banal transeunte que, depois de ter descoberto o cadáver, e por pura questão de ética, decidiu chamar a Polícia, mas resolveu manter-se anónimo como medida de autoprotecção. Esse indivíduo pode ser o próprio assassino, se não encararmos a sua atitude sob o ponto de vista moral mas, para este caso, não descobri ainda uma explicação aceitável; é muito raro um assassino atrair a Polícia, por livre vontade, ao local do crime. Um criminoso só assume semelhante atitude se ela fizer parte dos seus planos. Regra geral, procura ocultar tanto quanto possível o seu crime; a última coisa que faria seria dar o alarme à Polícia!

— Qual é a hipótese que resta? — perguntou Haymes, impaciente.

Friedman dedicou-lhe um sorriso compreensivo.

— Foi a hipótese que resta que nos trouxe aqui, Mr. Haymes. — Sacudiu a cinza do cigarro, ergueu-se e aproximou-se da enorme secretária atrás da qual Haymes estava sentado. — A última hipótese é a chantagem, Mr. Haymes — concluiu Friedman silabando as palavras.

— Qual chantagem?!

— É natural que não me tenha feito compreender — admitiu o inspector. — Suponhamos que o *banal transeunte* a que me referi é um chantagista de gema. Suponhamos que esse indivíduo viu o assassino e que, portanto, possui dados suficientes para o denunciar. Admitamos que ele, com a paciência e persistência características de todos os chantagistas, resolveu aguardar que viesse a lume a notícia do crime, a fim de conseguir um maior número ·de trunfos? Não estarei a ser mais explícito agora, Mr. Haymes?

— Confesso que não estou a ver onde pretende chegar.

— Os jornais publicaram o seu nome — lembrou Friedman.

— E o seu nome significa *fortuna*, Mr. Haymes. Se o autor da chamada que recebemos é um chantagista, neste momento ele está a preparar um golpe certamente destinado à sua pessoa. Jogo duplo: a troco das quantias x + y + z principiará a fornecer-lhe os dados a, b e c; uma espécie de cabeça, tronco e membros, compreende-me, Mr. Haymes? O senhor obterá a descrição de um corpo humano, cuja face não terá olhos, nariz e boca enquanto o chantagista não se sentir satisfeito. Quando isto acontecesse, se chegasse a acontecer, o senhor já teria despendido uma fortuna e o chantagista teria morto dois coelhos de um só golpe: enriquecera e livrara-se de uma hipotética vingança por parte do assassino, pois teria colocado o pescoço deste no laço da forca.

— Por que é que disse «Quando isto acontecesse, se chegasse a acontecer»?... Não me importo de despender algum dinheiro para conseguirmos identificar o autor da morte da minha filha.

— Não posso deixar de lhe dar uma certa razão, Mr. Haymes — confessou Friedman. — Contudo, não me é permitido aceitar como legal um golpe de chantagem, sobre si ou qualquer outra pessoa. — Friedman tornou a sentar-se no *maple* e cruzou as pernas. — Discutimos hipóteses, apenas — continuou. — Podemos ter acertado nalguma, mas também devemos admitir que nenhuma está certa. O trabalho rotineiro da Polícia resume-se na obtenção do maior número possível de dados e pistas, para obter uma selecção, eliminar o que não serve e seguir o que a poderá levar a alguma conclusão. É forçoso precavermo-nos contra todas as hipóteses, Mr. Haymes. Numa palavra, suponho que não se oporá a que tenhamos o seu telefone sob escuta?

Christopher Haymes manteve-se em silêncio por alguns instantes. Por fim, apagou a cigarrilha, apenas fumada até meio, e começou a tamborilar com os dedos sobre a secretária.

— Querem, então, evitar um hipotético golpe que nos poderia conduzir ao assassino de Wanda? É isto que pretendem, hem?

Num gesto irreflectido, Friedman coçou a ponta do queixo.

— Não. Não é isso, exactamente, aquilo que pretendemos — disse pacientemente. — Não queremos evitar que um hipotético chantagista entre em contacto consigo. Pelo contrário, *interessa-nos* que, a dar-se este caso, o chantagista contacte consigo. O fundamental é que possamos controlar esses contactos, Mr. Haymes, *para apanharmos o peixe na rede...*

A campainha do telefone, colocado sobre a secretária, soou estridentemente. Haymes, Friedman e Brackett entreolharam-se por um momento. Finalmente, Haymes levou a mão ao auscultador e atendeu.

— Sim — disse ele. — Sou eu. — Ouviu o que lhe disseram e respondeu: — O assunto interessa-me, de facto. Mas neste momento estou ocupado... estou numa reunião. Telefone-me um pouco mais tarde... Sim, já lhe disse que o assunto me interessa; é possível que seja um bom negócio. Espero que me telefone outra vez. — E desligou. Acendeu outra cigarrilha e disse: — Toda a gente quer comprar as minhas rosas.

— Não me admiro que assim seja — comentou Friedman. — Possui uma variedade invejável; tão maravilhosas como as que se encontram nos jardins do Palácio de Hampton Court.

Pela primeira vez, Haymes dignou-se esboçar um sorriso.

— Isso é um verdadeiro elogio — comentou, com uma inclinação de cabeça.

Friedman e Brackett levantaram-se.

— Certamente que concordo com a vossa proposta — tornou Haymes. — Concordarei com tudo o que nos possa conduzir ao assassino.

Friedman apertou-lhe a mão.

— Não queira suportar o peso de uma montanha de preocupações *sozinho*, Mr. Haymes. Nem pense que pode prescindir da nossa actuação.

Atravessaram o átrio sombrio e frio da mansão, acompanhados por um velho mordomo, e saíram.

Cinco minutos mais tarde, de regresso a Londres, Friedman

mandou o motorista parar o carro em frente de uma cabina pública e voltou-se para Brackett:

— Ligue para a Yard e dê ordem para porem *imediatamente* sob escuta o telefone de Haymes.

Quando o sargento regressou ao carro, Friedman olhou-o, na expectativa.

— A ordem foi dada, *sir* — disse-lhe Brackett. — Transmissão de pensamento? — sorriu.

— Porquê? Você pensou no mesmo que eu?

— Apostaria que sim, *sir*...

— Um homem que sabe controlar-se tão perfeitamente, que sabe esconder tão bem o desgosto de ter perdido a filha, alimenta dentro de si uma dose de ódio a um assassino dupla da normal. E, sobretudo, Brackett, uma pessoa nestas condições não confia em ninguém; quer fazer justiça por suas próprias mãos. Não me agradou aquele telefonema que Haymes atendeu diante de nós.

— Nem a mim, *sir*.

— *Não era* um negócio de flores, Brackett! — E fitou os olhos do motorista, no espelho retrovisor. — Leve-nos à Yard — ordenou com um tom de apreensão na voz.

VII

Obsessão?

Fora-lhe impossível afastar o crime do pensamento; ator-mentava-o hora a hora, minuto a minuto, era como um vírus que o estivesse a minar gradualmente.

Na Wallace Collection, não concentrara a atenção nas telas maravilhosas de Rembrandt, Reynolds, Ticiano e de muitos outros mestres da pintura. Em cada tela vira apenas um espe-lho quebrado, um homem empunhando uma arma e o corpo de Wanda Haymes.

Na «Câmara dos Horrores», no Museu de Madame Tussaud, impressionara-se como uma criança e tinha voltado a sentir as mãos terrivelmente húmidas.

Quando regressou ao ar livre, sentiu um desejo enorme de desabafar com Vera, de lhe contar tudo e repartir o medo com ela. Assim, confortar-se-iam mutuamente... Mas era uma ideia absurda! Não *devia* pensar nisso; repartir o medo com Vera seria uma dupla cobardia, seria uma demonstração de medo do pró-prio medo. Seria uma injustiça... até porque ela lhe tinha parti-cipado a suspeita de estar grávida...

...Mas ainda faltavam dez dias para deixarem Londres! *Dez dias de pesadelo?!*

A resolução de adiarem a ida ao cinema, por parte de Vera, que se mostrava cansada e abatida ao fim da tarde, provocou em Pedro uma sensação de alívio. Chegaram mesmo a desistir de jantar num restaurante e meteram-se no metropolitano, com destino a Sloane Square.

Ao chegarem a casa, Pedro arranjou um pretexto para voltar a sair: tinham uma carta para os filhos a deitar no correio.

— Tens um marco aqui mesmo em frente. Escusas de ir mais longe — disse-lhe Vera.

«Sei muito bem que existe um marco aqui mesmo em frente, mas...»

— Prefiro deitar a carta no marco da estação dos correios, em Eccleston Street, porque receio que hoje já não retirem a correspondência do marco aqui defronte.

Vera não fez qualquer comentário. Pedro aproximou-se dela, beijou-a e perguntou-lhe:

— Será certo?

Ela sorriu-lhe com ternura.

— Suspeito, por enquanto... Gostavas que fosse verdade?

— É claro que gostava!

Voltou-se e saiu.

Deitou a carta no marco defronte de casa, e dirigiu-se apressadamente a Sloane Square.

«Estou com medo. Este crime é para mim uma ideia fixa, uma verdadeira obsessão! E só posso vencer o medo se fizer qualquer coisa... Se atacar. Preciso de desabafar, de repartir este fardo com alguém. Que o faça então com o objectivo de facilitar a captura do assassino. Talvez eu saiba qualquer coisa que mais ninguém sabe; talvez o assassino seja canhoto, ou tenha a mão direita inutilizada. Este pormenor poderá ter algum valor para alguém das relações de Wanda Haymes?...»

Hesitou, antes de entrar na cabina telefónica.

«Por que razão não me hei-de manter alheio a tudo isto? Por que diabo não afasto esta ideia fixa?... Mas irei meter-me em sarilhos por pretender colaborar através do telefone? Não. A própria Polícia não foi capaz de me identificar... Sou um estranho entre dez milhões de estranhos; mais estranho ainda porque sou estrangeiro... E tenho o dever moral de colaborar na luta contra o crime. Por que sou escritor? Por que combato o crime naquilo que escrevo? Não. Simplesmente porque sou um ser humano e porque, atacando, me defenderei a mim próprio

72

e acabarei de vez com esta obsessão. O assassino pode ter-me fixado e estar a espiar-me... ESPIAR-ME?!»

Estremeceu. Acabava de entreabrir a porta da cabina. Devia desistir, voltar para casa e continuar a manter-se fora de todo e qualquer sarilho?

«Não vou meter-me em sarilhos por fazer somente um telefonema; manter-me-ei no anonimato. A minha consciência não está tranquila; por isso mesmo sinto medo. Devo participar a alguém aquilo que julgo ter descoberto... Participar à Polícia? Posso mais facilmente meter-me em sarilhos, se telefonar à Polícia...»

Puxou a porta para si, resolutamente, e entrou na cabina.

Abriu o bloco de notas e leu o número que copiara da lista telefónica.

Introduziu o dedo no marcador e estabeleceu a ligação.

Sentiu a testa fria e húmida; ao longo do pescoço escorriam-lhe gotas de suor.

Alguém levantou o auscultador, no outro extremo da linha...

A primeira palavra estrangulou-se-lhe na garganta, mas depois escutou a sua própria voz, como se ela tivesse soado independentemente da sua vontade:

— Mr. Christopher Haymes?

— Sim. Sou eu — responderam-lhe do outro lado.

— Julgo poder fazer-lhe uma comunicação importante acerca da morte da sua filha, Mr. Haymes... Creio que possuo alguns dados úteis...

— O assunto interessa-me, de facto. Mas neste momento estou ocupado... estou numa reunião. Telefone-me um pouco mais tarde.

— Mas creio que os dados que possuo são importantes, Mr. Haymes! Quero comunicar-lhe pelo telefone...

— Sim, já lhe disse que o assunto me interessa; é possível que seja um bom negócio. Espero que me telefone outra vez.

A ligação foi cortada subitamente.

Pedro abandonou a cabina e começou a caminhar apreensivo; mais do que quando tinha decidido fazer o telefonema.

«É possível que seja um bom negócio»?

Uma frase que destoava no meio de todas as outras. Porquê um bom negócio? Um bom negócio para quem?

Atravessou a Sloane Square e parou subitamente, antes de voltar para a Holbein Place...

CHANTAGEM!

Sim, era em chantagem que Christopher Haymes tinha pensado. Ele, tomado por um chantagista!

«É possível que seja um bom negócio.»

Chantagem.

«Mas, neste momento estou ocupado... estou numa reunião.»

Estava numa reunião, com pessoas perante quem não podia, ou não queria, falar.

«Voltarei a telefonar-lhe. Esta noite. Dir-lhe-ei que não sou quem ele pensa; dir-lhe-ei que quero oferecer-lhe os meus préstimos gratuitamente.

Voltarei a telefonar-lhe. Esta noite ainda...»

— Nada adiantam sobre o crime de Leicester Place — disse Vera, relendo um jornal da tarde. — «A Scotland Yard declara que é praticamente impossível identificar o autor da chamada anónima.»

«Nunca conseguirão identificar-me!»

«O desaparecimento misterioso de John Gilbert, noivo de Miss Wanda Haymes, é uma coincidência flagrante de mais para não admitir que está relacionado com o crime, disse o inspector Andrew Friedman, encarregado das investigações.» — Vera levantou os olhos do jornal: — Não achas este crime emocionante?

Ele apagou o cigarro, sem a olhar.

— Não estás interessado no caso?... Podes aproveitar alguma ideia para um livro.

Os seus dedos desfizeram o cigarro no cinzeiro.

— Sabes muito bem que detesto copiar as ideias dos outros!

— disse, numa voz descontrolada. — Prefiro as minhas próprias ideias... enquanto as tiver!

— As ideias dos outros?!... Se estivéssemos em Lisboa, diria que tinhas tomado café de mais. Aqui, francamente, não me parece que o café excite os nervos!... Não quis atingir o teu brio profissional — a voz de Vera assumiu um tom levemente irónico. — Com franqueza, Pedro, classificares como «ideias dos outros» o relato de um crime real, é de quem não pensa no que diz!

— Achas que sim? — sacudiu os fragmentos de tabaco e a cinza, que lhe tinham aderido aos dedos, e acendeu outro cigarro.

— Não te parece que estás a fumar muito?

— Não — respondeu-lhe, incisivo.

— O tabaco aqui é caríssimo. Como ainda temos muitos dias à nossa frente, se esgotares o que trazes contigo, antes de tempo...

— Fumarei o tabaco «caríssimo» daqui!

— Duvido que te agrade.

— Não te preocupes com isso.

«Estou a exceder-me, porque tenho os nervos num feixe. Devo acalmar-me...»

— Continua a ler — disse ele, procurando moderar o tom de voz. — Talvez me interesse a história.

«Ela ficou ofendida. Vai dar-me o jornal para que o leia, se quiser...»

— Lê o resto, se quiseres. Não quero voltar a ferir o teu brio profissional!

A edição da tarde do *Evening* caiu sobre a mesa, em frente dos seus olhos. Involuntariamente, leu o subtítulo:

WANDA HAYMES RECONHECIDA POR UM *BARMAN*
DA WARDOUR STREET

O tal. Aquele que vira o medo estampado nos olhos de Wanda Haymes. *Aquele que o vira a si...* Poderia o *barman* relacioná-lo com o caso? Não, de modo algum!

Levantou-se e vestiu a gabardina.

— Vou dar uma volta por aí — disse. — Queres vir?

«Por amor de Deus, não me digas que sim!...»

— Não... Vê lá se te perdes! — respondeu-lhe Vera, mal-humorada e sem o olhar.

Abriu a porta do quarto e saiu.

«Os nervos num feixe. Sinto-me só e desorientado...»

Vera espreitou-o da janela, até que o viu perder-se no fundo da rua.

Estavam casados havia uma dezena de anos e ela conhecia-o como aos seus próprios dedos. O marido tinha o que se podia considerar um feitio ideal para suportar a tensão da vida moderna. Era persistente e optimista e sabia esperar, qualidade (ou defeito?) muito rara nos tempos que corriam. Pedro apreciava a luta pela vida e gostava de sentir-se rodeado de estímulo; nunca o vira desistir perante algum obstáculo. Quando lhe faltava o estímulo alheio, procurava estimular-se a si próprio e persistia, persistia sempre. O seu nome de escritor estava a fazer-se a pouco e pouco...

Mas Pedro tinha uma fraqueza: era demasiado sentimental, sofria por vezes com os problemas alheios como se fossem seus. Não era difícil saber quando andava preocupado. Normalmente calmo e seguro de si próprio, manifestava nessas ocasiões um mau humor peculiar. Era certo que, durante a preparação de um livro, a sua atenção abstraía-se da vida exterior para se concentrar unicamente no seu eu, nos pormenores de um enredo e nas intrigas tecidas à volta das suas personagens.

Contudo, ele não estava a preparar nenhum livro naquela ocasião... A viagem que estava a fazer por alguns países da Europa tinha muito interesse, quer sob o ponto de vista profissional, quer sob o cultural. Não havia, por conseguinte, um motivo que justificasse o estado de espírito do marido. *Porém, era indiscutível que ele andava preocupado, excessivamente nervoso, quando, afinal, se devia sentir feliz por estar a realizar um dos seus sonhos...*

Vera deixou cair a cortina e voltou-se.

O sexto sentido das mulheres, pensou. Primeiro, tinha sido aquele pormenor a que não ligara importância: na noite anterior, ao sentir Pedro levantar-se da cama, perguntara-lhe se precisava de alguma coisa. «Vou buscar um lenço», respondera-lhe ele. Depois, de madrugada, tinha acordado, com frio; sentira o começo de uma constipação e procurara, sob o travesseiro, no lugar de Pedro, o lenço que aí se devia encontrar... *mas que não estava lá.* Levantara-se então e dirigira-se à gaveta da cómoda. Quando a abrira, verificara que o estojo de medicamentos tinha sido remexido. Teria Pedro tomado uma aspirina? Nesse caso, por que motivo não lhe dissera a verdade? Por que razão mencionara o lenço como desculpa por se ter levantado?...

Mais tarde, ao fim da manhã e ao encontrarem-se defronte do *Selfridges*, dera o jornal ao marido e perguntara-lhe se já tinha conhecimento do crime de Leicester Place. Ele mostrara-se ignorante do assunto, *mas ao chegarem a casa retirara da algibeira da gabardina dois exemplares do* Evening...

Recordava-se, também, daquele episódio ocorrido em Oxford Street, quando um homem entregara a Pedro o bloco de notas que ele deixara cair. O marido não tinha sido correcto com esse homem e partira no autocarro sem desviar os olhos dele...

Por fim — e talvez o tivesse feito inconscientemente — chegara à janela no momento em que Pedro deitava a carta para os filhos no marco do correio defronte de casa, *quando ele dissera que o faria na estação de Eccleston Street.* Depois, Pedro seguira na mesma direcção em que acabara de vê-lo havia ainda dois ou três minutos...

Pensou na maneira como Pedro reagira à leitura das últimas notícias do caso de... Como se chamava ela? Olhou para o jornal: do caso de Wanda Haymes, mas acabou por se rir.

«Mulher de escritor de mistério, com tendência para ver qualquer insignificância envolta em mistério!... Não, que ideia absurda! Pedro nada tem a ver com o crime. Estou a ser idiota! É possível, sim, que esteja excitado com Londres e que pretenda observar pormenores em todas as esquinas, pormenores sobre uma cidade enorme como esta... Que parvoíce a minha!»

Mas Vera não se lembrou de que a Scotland Yard tinha recebido uma chamada anónima... e de que o autor de esse telefonema podia ser o marido...

A noite caíra. Sloane Square imergira em sombras.

Estava sentado num banco, olhando as sombras, o *Coffee Store* parado à beira do passeio, onde um homem de casaco branco preparava «cachorros», sanduíches e café para negociar com um ou outro transeunte, e olhava também para a cabina pública no outro lado da praça, que o *esperava*.

No banco vizinho ao seu, um par beijava-se tirando partido da noite.

Pisou o cigarro e ergueu-se. Passou diante do par, mas eles continuaram a beijar-se, ignorando-o.

Avançou, escutando o ruído dos seus passos. A cabina crescia a cada segundo e, com ela, a obsessão, a *sua* obsessão.

Não hesitou, desta vez, quando abriu a porta. Entrou e, resolutamente, marcou o número de Christopher Haymes.

Não demoraram a atendê-lo.

— Mr. Christopher Haymes?

— Sim, sou eu. Esperava o seu telefonema. Neste momento posso ouvi-lo.

— Eu vi a sua filha no Soho... Assisti ao crime, Mister Haymes...

— Como?!

— Vi, perfeitamente, o assassino da sua filha. Vi-o disparar a arma com a mão esquerda... Pode tratar-se de um canhoto ou de um homem com a mão direita inutilizada, Mr. Haymes! Talvez que, nas relações da sua filha...

— Alguém está a falar de um crime, Margie. Cala-te, para conseguirmos ouvir — disse uma voz de mulher de permeio.

— Mr. Haymes?...

— Sim?

— Está alguém consigo?

— Não.

— Ouviu uma outra voz?

78

— Creio que sim. Linhas cruzadas, possivelmente...

— Voltarei a falar-lhe.

— Oiça...

Pedro largou o auscultador, empurrou a porta e saiu da cabina a correr, até se perder nas sombras da praça.

Sentou-se no banco que ocupara momento antes. No banco ao lado, o par continuava embevecido, indiferente aos vultos que passavam.

Foi nesse momento que Pedro viu um carro preto chegar à Sloane Square, vindo da Cliveder Place. Quase não causava ruído no silêncio da noite, apesar da velocidade a que vinha. Sobre a parte fronteira do *capot* ostentava um dístico luminoso: *POLICE*.

Estava alagado em suor e o coração batia-lhe em ritmo desordenado. Manteve-se numa imobilidade estática, os olhos desmesuradamente abertos na direcção da cabina telefónica, em frente da qual o carro da polícia tinha parado e deixado alguns homens: um deles entrou na cabina e os outros dispersaram-se em redor desta.

A polícia tinha o telefone de Christopher Haymes sob escuta, mas as linhas cruzadas tinham-no salvo no último instante!

Olhou para a outra extremidade da Sloane Square e viu as luzes da estação do metropolitano. *Era a única saída*; a saída mais segura...

Protegido pelas sombras, dirigiu-se para lá. As pernas tremiam-lhe e os pés pegavam-se ao solo, como se caminhasse sobre alcatrão fresco.

Não ousou voltar-se para trás. Andou sempre em frente, com o à-vontade — o *falso à-vontade* — de um vulgar peão sem medo, cheio de uma calma fictícia.

Exibiu o passe turístico ao empregado e mergulhou na escada rolante; para o fundo, cada vez mais para o fundo.

Qualquer comboio servia; qualquer um que o levasse de Sloane Square...

Tower Hill. O letreiro luminoso cresceu no túnel, na escuridão.

A voz de um funcionário negro berrou junto de si:

— Sloane Square.

Entrou na carruagem.

As portas fecharam-se atrás de si e a estação fugiu-lhe num ápice.

Sentiu saudades loucas da mulher e dos filhos; sentiu vontade de chorar, de chorar como uma criança, mas não chorou.

Acendeu um cigarro e aspirou o fumo longamente.

Um homem possante avançou na sua direcção.

Estremeceu...

Um passo, outro e outro ainda.

Mordeu o cigarro e queimou os dedos.

Esboçando um sorriso, o homem apontou para o aviso afixado na carruagem: *NO SMOKING*...

VIII

O inspector Friedman e o sargento Brackett sentaram-se ao balcão, no *Aracena*.

— *Good evening, sirs* — disse-lhes o *barman* limpando o tampo, em frente dos dois.

— Aperitivo para o jantar — sorriu Friedman. — *Martini* seco.

Rodriguez serviu-os.

— Lemos a descrição que você fez do cliente, Rodriguez — disse o inspector.

— Procurei lembrar-me dele mal saíram daqui, ao princípio da tarde, *sir*.

— Alto, um metro e setenta e cinco (um metro e oitenta), cabelo escuro, liso, tez branca, gabardina escura (azul ou preta). Foi isto, Rodriguez?

— Foi. E é tudo quanto me recordo, *sir*.

— É pouco, Rodriguez — criticou Friedman.

— É uma descrição demasiado vulgar — acrescentou Brackett.

— Mas é tudo quanto me lembro — repetiu o *barman*. — Pensam que foi ele?

— Pensamos em muita coisa e em muita gente, Rodriguez. Inclusivamente, em si — disparou Brackett.

— Em mim?! — bateu com o polegar no peito. — Eu?!

— O sargento é um pouco satírico, Rodriguez — comentou Friedman sorrindo. — Você tem um bom álibi...

Contudo, Friedman continuava a pensar naquilo que lhe dissera o telefonista de serviço na Yard sobre a má pronúncia do nome *Soho* por parte do homem que fizera a chamada anónima. Continuava a admitir a hipótese de se tratar de um estrangeiro. Mas seriam, esse hipotético estrangeiro e o cliente suspeito, uma e a mesma pessoa? Não teria o cliente saído do bar, logo após Wanda Haymes, por um verdadeiro acaso?

Friedman recordou-se uma vez mais das duas teorias sobre a investigação criminal. Geralmente surgiam sempre pistas diversas, algumas ou mesmo muitas. Com elas, apresentavam-se à Polícia montanhas de hipóteses. Tinham sempre, e infalivelmente, que cair num trabalho de selecção e eliminação. Era como num labirinto: só um caminho, entre uma confusa encruzilhada, ia dar à saída. Era necessário percorrer quilómetros, voltar atrás, tornar a avançar, virar à direita e à esquerda, quase bater com a cabeça nas paredes para conseguir descobrir a saída!

Portanto, de acordo com as suas teorias, devia admitir que o cliente do *Aracena* não tinha seguido Wanda Haymes por mera casualidade; devia admitir que esse mesmo indivíduo era o assassino; devia admitir que esse tipo era estrangeiro, porque não aspirara o *h* ao pronunciar Soho... A montanha de hipóteses!

Enveredou por uma, ao acaso; por aquela que mais o intrigava: o estrangeiro... Mas ligou o estrangeiro ao cliente do *Aracena*, ao homem que fizera o telefonema e ao assassino. Afinal, enveredava por uma série de hipóteses simultaneamente, com mil diabos!

«Se eu fosse estrangeiro», admitiu, «certamente que... Não tenho a menor dúvida de que o faria!...»

Bebeu um golo de *Martini* e tirou um cigarro da cigarreira. Exibiu-o, depois, seguro pelas extremidades, entre os dedos indicadores de cada uma das mãos.

— O que vê aqui, Rodriguez?

— Como, *sir*?

— O que vê você entre os meus dedos?

— Um cigarro... se não estou a sofrer de ilusão de óptica!

Friedman sorriu-lhe.

— Não está a sofrer de ilusão de óptica, Rodriguez. Você *vê mesmo* um cigarro. — Convenceu-se de que estava a perder tempo, mas prosseguiu: — Vou colocá-lo na boca e acendê-lo. — Cumpriu o que disse e acrescentou: — Olhe novamente para o cigarro, Rodriguez. Diga-me tudo aquilo que vê.

O *barman* coçou uma orelha e fixou Friedman nos olhos, desconfiado.

— Bom — principiou. — Vejo um cigarro, evidentemente... Agora está aceso. — Interrompeu-se por uns segundos e acrescentou: — Estou a ler a marca *Strand*...

— Basta — atalhou Friedman. — Era aí que eu queria chegar. *Por um verdadeiro acaso* — sublinhou as palavras — reparou se o «nosso cliente» fumava?

Sem hesitar, o *barman* respondeu:

— Reparei, *sir*. Fui eu quem lhe colocou um cinzeiro na frente.

— Muito bem. Não reparou, *também por mero acaso*, na marca do cigarro?

— Não... Francamente, não. Acho que notei a marca do seu porque o senhor me chamou a atenção para ele. Com o cliente não se deu o mesmo...

— Compreendo — concordou Friedman. — Mas reparou se o cliente apagou o cigarro aqui? Teria ele saído a fumar ainda o cigarro aceso cá dentro?

— Está com sorte, *sir*. Antes de sair, o cliente chamou-me a atenção batendo com uma moeda sobre o tampo do balcão. Quando olhei para ele, estava a apagar o cigarro no cinzeiro.

— Pois é. Estou com sorte — sorriu Friedman. — *Estou com sorte*, como você diz. — Voltou-se para Brackett. — É sempre assim: teorias bonitas; quando temos necessidade de passar dos argumentos aos factos, depara-se-nos um muro intransponível... A marca do cigarro que o «nosso cliente» estava a fumar podia dizer-nos muito a seu respeito.

— Por exemplo, *sir*?... — interpôs Brackett.

— Por exemplo, o motivo por que ele não aspirou o *h* ao pronunciar Soho. Por exemplo, *a sua nacionalidade*, Brackett!

— Nacionalidade?! — O sargento mostrou-se ligeiramente confundido.

— Por que razão a alfândega de um país autoriza que um turista, ou viajante de qualquer espécie, entre nesse mesmo país com uma determinada quantidade de tabaco estrangeiro? Porque esse viajante goza do direito de fumar os cigarros que lhe agradam, os cigarros a que está habituado. Se eu fosse viajar, levaria comigo o meu tabaco habitual, ou comprá-lo-ia no país do meu destino, se soubesse antecipadamente que o encontrava aí e que não o pagaria mais caro do que aqui. É lógico, creio.

— Excelente teoria, *sir*! — comentou Brackett. — Contudo, não nos serve. Para que ela nos oferecesse uma oportunidade, teria sido necessária a nossa chegada a este bar pouco tempo depois de o «nosso cliente» sair. A estas horas, o lixo do bar atravessa os esgotos da cidade!...

— Aí está o tal muro intransponível em que esbarrámos, Brackett. Teorias muito bonitas, mas...

Rodriguez ouvia-os atentamente, olhando de um para o outro.

— Talvez continue com sorte, *sir* — disse ele. — Uma verdadeira sorte grande! — acrescentou alteando a voz. — Ainda me vai agradecer.

Friedman e Brackett fuzilaram-no com o olhar.

— Vou dizer-lhe uma coisa — continuou o *barman*. — Eu sei que não é uma coisa louvável, muito higiénica, mas a verdade é que talvez me agradeçam ainda. — Fez uma pausa e, depois, continuou: — Costumo juntar as pontas de cigarro deixadas pelos clientes... Não, não é para mim que o faço — acrescentou rapidamente. — Um pobre diabo, um vagabundo que ganha uns vinténs sustentando cartazes às costas pelas ruas, pediu-me que lhe guardasse as pontas de cigarro; costuma desfazê-las para aproveitar o tabaco... Já vem aqui há anos; dou-lhe um copo de vez em quando e qualquer coisa para comer, também.

— Particularidades do sentimentalismo latino e uma atitude absolutamente censurável — criticou Friedman, mas no seu rosto apareceu um largo sorriso. — Isso é tudo quanto pode haver de menos higiénico, de menos saudável, Rodriguez... Até porque, recentemente, os médicos descobriram que é no terço final de um cigarro que se concentra a maior percentagem de matérias nocivas... Mas, para o diabo com a falta de higiene! Você guardou as pontas de cigarro deixadas aqui a noite passada?

— Como habitualmente, *sir*.

Friedman apertou o pulso do *barman*.

— Com certeza, Rodriguez?

— Com certeza absoluta. Despejei os cinzeiros no cartucho que guardo lá dentro... Não apanho os cigarros que ficam pisados no chão — explicou Rodriguez —, seria excessiva falta de higiene...

— Leve-nos a esse cartucho — pediu Friedman. — Vislumbro uma probabilidade!...

Rodriguez fê-los passar para o outro lado do balcão e abriu uma porta que comunicava o bar com um reduzido armazém.

— Ali ao fundo, *sir* — apontou para uma mesa estreita colocada de encontro à parede. — Aquele cartucho de papel pardo... Jimmy costuma vir buscar as «remessas» uma vez por semana.

O cartucho ainda não estava cheio. O sargento avançou em direcção à mesa.

— Não lhe toque ainda, Brackett — ordenou o inspector. E voltou-se para Rodriguez, encostado à ombreira da porta: — Quando principiou a encher aquele cartucho?

— No domingo, *sir*; na noite anterior à do crime. Jimmy passou por cá ao fim da tarde e levou as pontas juntas na semana passada.

— Esperemos que não tenha vindo aqui nenhum estrangeiro durante as vinte e quatro horas que antecederam a chegada do «nosso cliente». Ou... a ter-se dado esse caso, que não tenha deixado aqui nenhuma ponta de cigarro! Esperemos, finalmente, que o «nosso cliente» seja mesmo estrangeiro e que não tenha o hábito de fumar cigarros ingleses... Como medida de precaução, Brackett, meta a mão no cartucho e retire cuidadosamente a camada de cima... Não voltou a mexer no cartucho desde a noite passada, Rodriguez?

— Não, *sir*.

— Óptimo. Mãos à obra, Brackett!

O sargento seguiu as instruções de Friedman e colocou a primeira camada de pontas de cigarro sobre uma extremidade da mesa. Depois, despejou o resto do cartucho na extremidade oposta.

— Aqui está um exemplo de trabalho de selecção e eliminação, Brackett — sorriu o inspector. — Um monte para cada um de nós. Veremos se o *bilhete* da sorte grande saiu premiado!

Friedman olhou para a ponta de cigarro amachucada e admirou-a, tão fascinado como se estivesse a observar uma pedra preciosa caída do céu. Tocou-lhe, em seguida, com extrema delicadeza e endireitou-a.

A primeira parte era formada por um filtro de *nylon*, com um invólucro de papel de cor amarelo-grão, e estava suja de nicotina. A segunda parte era o resto do próprio cigarro. Porém, o fundamental dizia respeito àquela palavra, formada por cinco letras apenas, que se encontrava impressa a azul, junto ao invólucro do filtro: *Porto*.

Uma palavra de somente cinco letras, um nome com muito significado; um problema de resolução imediata!

Porto: a um tempo, nome de uma das principais cidades portuguesas e de um dos mais famosos vinhos do Mundo. Mas, naquela pequena ponta de cigarro o significado era só um: *o estranho que estivera no* Aracena *e que saíra logo após Wanda Haymes era de nacionalidade portuguesa!*

Valera a pena o trabalho de selecção e eliminação, que consumira a Friedman e a Brackett hora e meia de minucioso exame. Alguns restos de cigarro estavam queimados, parcial ou totalmente, no local onde fora impressa a marca. Chegara a ser necessário um exame de comparação, onde o olfacto tinha desempenhado papel preponderante. Entretanto, a conclusão final não oferecia dúvidas: à excepção do cigarro *Porto*, todos os outros eram de marca inglesa.

— «Bilhete premiado», *sir*! — disse Brackett, com um tom de excitação na voz.

— A sorte foi tão grande, Brackett, que ninguém será capaz de me convencer de que nos enganámos. A má pronúncia de *Soho* e esta ponta de cigarro ligam tão bem como ouro sobre azul!

E, de si para si, Friedman pensou: «As teorias sempre têm algum valor; principalmente, quando nos conduzem aos factos.»

— Telefone-nos imediatamente se o «nosso cliente» reaparecer aqui — disse o inspector dirigindo-se ao *barman*. — Entretenha-o de qualquer modo, Rodriguez, até nos ver aparecer a esta porta — e apontou para a saída, para onde ele e o sargento se encaminharam.

Mas, antes de deixar o bar, Friedman abriu a carteira, voltou atrás e pousou uma nota sobre o balcão.

— Compre cigarros para o Jimmy — disse ao *barman*. Baixou a voz e adicionou, depois de olhar em torno de si: — E comece a juntar moedas de *penny* em vez de pontas de cigarro... De qualquer forma, quem paga são os clientes! — E voltou-lhe as costas, sorrindo com ironia.

— Farei isso, *sir* — respondeu Rodriguez, pouco à vontade.

Depois da saída de Friedman e de Brackett, um dos dois homens — o de fato azul — que estavam sentados a uma mesa do *Aracena*, debruçados sobre um tabuleiro de damas, «comeu» três pedras ao adversário e disse:

— Um dia destes passo a cobrar-te as lições! — Arrastou a cadeira para trás, esvaziou o copo de cerveja e levantou-se. — Vou andando. Paga a despesa.

O outro fez-lhe um aceno vago com a cabeça.

O homem de fato azul dirigiu-se para a saída. Era alto e forte; em três passadas largas atingiu a rua.

O homem de fato azul era o «lugar-tenente» do assassino...

Meteu-se no *Rover* e subiu a Wardour Street, na direcção da Oxford Street. Conduziu, depois, até à estação de metropolitano de Charing Cross, estacionou o carro e saiu.

Numa cabina pública da estação, marcou um número e

aguardou pacientemente que o atendessem. Quando reconheceu a voz, no outro lado, disse:

— Pelo que captei, a descrição do tipo é mais ou menos esta: cerca de um metro e oitenta, cabelo escuro e liso, cor branca. Veste gabardina azul-escura ou preta...

— Descrição muito vaga! — protestou o assassino.

— Os *chuis* apertaram com o *barman* e ele conduziu-os ao armazém. Não sei o que se passou lá dentro, mas ouvi uma conversa qualquer sobre cigarros — prosseguiu o homem de fato azul, indiferente.

— Cigarros?!

— Sim, cigarros... Com certeza que não querias que eu pedisse aos *chuis* para os acompanhar ao armazém?!

— Mete as graças no... bolso traseiro das calças!

— Percebo o que queres dizer — esclareceu o homem de fato azul, em voz calma. — Apareceu-te aí alguém e viste-te forçado a engolir uma asneira... Bom, qual é a ordem?

— Já sabes qual é...

— Sim, já sei. Mas persistes na ideia?

— É claro que persisto. A ordem que deves dar aos rapazes é esta: vigilância discreta à residência de Christopher Haymes...

— Sabes que os *chuis* estão a rondar a casa...

— Pois sei. Recomenda discrição aos rapazes, já te disse!

— Está bem. Vou passar a ordem.

— Ouve!

— Diz.

— O que é isso de cigarros?

— Também eu gostava de saber... Queres que *acaricie o barman*?

— Não. Seria um disparate! Deixa estar a coisa como está. Logo saberemos.

— Bom. Vou passar a ordem, já que queres que o faça.

O homem de fato azul desligou, tornou a levantar o auscultador e marcou outro número.

— Sou eu — identificou-se numa voz gutural e inconfundível, quando o atenderam. — Quero dois homens a vigiar a residência de Christopher Haymes. *Vigilância discreta*; já andam dois *chuis* a rondar o local. Atenção a um tipo de cor branca, com cerca de um metro e oitenta, de cabelo escuro e liso, que deve vestir gabardina azul ou preta.

— Isso é um bilhete de identidade autêntico, patrão! — disse o tipo, no extremo oposto da linha.

— Ainda não tinhas dado por isso?!

— E se, por acaso, virmos esse espécime?

— Deitem-lhe a unha, *se for possível*. Queremo-lo *vivo*, compreendes?

— Por enquanto estou satisfeito, patrão... A minha «boca de fogo» ainda está quente. Foram uns chumbos bem empregados, os que meti de rajada no corpo daquele gajo!... Mas, se os *chuis* que andam por lá se meterem no nosso caminho?

— Nesse caso, não façam ondas. Vocês só devem caçar o *gajo* se conseguirem ludibriar os *chuis*. Entendido?

— Entendido, patrão

— No caso de a Polícia apanhar o tipo... — o homem de fato azul calou-se subitamente.

— No caso de eles o apanharem, patrão...?

— Acabem com ele... Será uma solução de emergência, porque não podemos correr o risco de o deixar contar histórias à Polícia. Ignoramos o que *ele sabe*! E ignoramos, sobretudo, quem é ele, com um raio!

— Vai correr tudo bem, patrão. Fique descansado.

O homem de fato azul saiu da cabina e da estação e voltou a meter-se no *Rover*.

A situação era crítica. Talvez não fosse, se aquele *idiota* não se tivesse encarregado, ele próprio, de dar cabo da rapariga...

«Mr. Christopher Haymes?»

«Sim, sou eu. Esperava o seu telefonema. Neste momento posso ouvi-lo.»

— Cabina pública, Sloane Square — participou o telefonista da Scotland Yard, no serviço de escuta.

«Eu vi a sua filha no Soho. Assisti ao crime, Mr. Haymes.»

Ali estava a confirmação, pensou Friedman: «Eu vi a sua filha no Sôô.» Voltou-se subitamente para Brackett e disse:

— Comunique com a Esquadra de Gerald Road e dê instruções para prenderem o homem, Brackett. Cabina pública de Sloane Square!

O sargento levantou o auscultador e estabeleceu rapidamente a ligação.

— Ordem recebida, *sir* — disse Brackett, depois de desligar.

«... Vi-o disparar a arma com a mão esquerda. Pode tratar--se de um canhoto, ou de um homem com a mão direita inutilizada, Mr. Haymes! Talvez que, nas relações da sua filha...»
Inesperadamente, aquela voz de mulher na mesma linha:

«Alguém está a falar de um crime, Margie. Cala-te, para conseguirmos ouvir.»

Curto silêncio.

«Mister Haymes...?»
«Sim?»
«Está alguém consigo?»
«Não.»
«Ouviu uma outra voz?»
«Creio que sim. Linhas cruzadas, possivelmente...»
«Voltarei a falar-lhe.»
«Oiça...»

— Para o diabo com aquela estúpida mulher! — gritou Friedman, descontrolado. — Maldita linha cruzada. Brackett, estabeleça ligação com a esquadra. Quero saber o que se passa. — Voltou-se para o telefonista de escuta. — Quero uma cópia de esse diálogo, Evans. Vou para o meu gabinete.

Saiu, batendo a porta atrás de si.

Cerca de uma hora mais tarde, Brackett entrou no gabinete

de Friedman. O inspector levantou os olhos para ele e viu-o mover a cabeça numa negativa.

— Operação nula, *sir* — disse o sargento numa voz desolada. — Escapou-se-nos.

— Maldita mulher! — e Friedman deixou cair o punho cerrado sobre a secretária. — Um canhoto, ou um homem com a mão direita inutilizada... Já é alguma coisa — acrescentou como quem pretende conformar-se com uma partida perdida. — Já é alguma coisa — repetiu, quase para si próprio.

A campainha do telefone soou. O inspector levou a mão ao aparelho.

— Mr. Friedman?

A primeira imagem que se formou na mente de Friedman foi um canteiro florido de rosas... mas as rosas murcharam depressa...

— Andrew Friedman — respondeu para o bocal, simulando não reconhecer a voz do outro.

— Que diabo de serviço de escuta é o vosso?! — explodiu Christopher Haymes. — Como foram capazes de permitir uma imperfeição daquelas?! A vossa intervenção foi simplesmente desastrosa!...

— Um momento, Mr. Haymes — cortou Friedman secamente. — Não se precipite. A nossa intervenção não foi desastrosa...

— Não foi?!... Não creio que o homem volte a telefonar-me!

— Nada se sabe — argumentou Friedman.

— Vocês afugentaram o pássaro! Apesar de tudo, fiz o possível por o manter na linha...

— Sabemos que fez o que pôde, Mr. Haymes, e lamentamos o sucedido. Como lamentamos, também, que tenha havido um cruzamento de linhas.

— O senhor saiu daqui, esta tarde, convencido de que eu queria contactar secretamente o homem, convencido de que eu pretendia atropelá-los, mas enganou-se redondamente!... Quem não se enganou fui eu: suspeitei logo de um desastre, caso a Polícia se intrometesse entre mim e o homem. Por que razão não esperaram que eu o apanhasse na rede primeiro?

— Mr. Haymes — disse Friedman pacientemente. — Não podíamos prever um cruzamento de linhas na hora H! Lamento o incidente e apresento-lhe as minhas desculpas. Que mais poderei dizer-lhe?

Silêncio.

— Há uma coisa de que estou certo: *o homem não desistirá de entrar em contacto consigo* — prosseguiu Friedman. — Dentro de duas horas, daqui a um dia ou dois... não sei. Mas voltará à carga; pelo meio que achar mais seguro. Talvez, até, pessoalmente, Mr. Haymes. Nós estaremos atentos, pode crer.

— Boa-noite — disse Haymes pausadamente.

Friedman deixou cair o auscultador no descanso.

IX

A edição da manhã do *Evening* dizia:

O crime de Leicester Place

*CONTINUA POR DESVENDAR O MISTERIOSO DESAPARECIMENTO DE JOHN GIL-
BERT, MAS A POLÍCIA MANTÉM AS SUAS SUSPEITAS QUANTO À EXISTÊNCIA
DE RELAÇÃO ENTRE ESTE CASO E A MORTE DE WANDA HAYMES*

*A SCOTLAND YARD NUMA BOA PISTA? O INSPECTOR ANDREW FRIEDMAN
LACÓNICO NAS DECLARAÇÕES PRESTADAS À IMPRENSA*

*O inspector Friedman recusou-se a prestar declarações por-
menorizadas à imprensa, mas, assediado por um grupo de jornalistas que o interrogaram sobre se a Polícia se encontrava
numa boa pista, limitou-se a responder: «Talvez...»*

*NÃO FOI AINDA IDENTIFICADO O HOMEM
QUE PARTICIPOU O CRIME À SCOTLAND YARD?*

*Não conseguimos obter qualquer informação a respeito do
autor da chamada anónima recebida pela Polícia, mas cremos
que esta esconde um bom trunfo na manga!...*

A noite passada

MISTERIOSA ACÇÃO POLICIAL EM SLOANE SQUARE...

Cortando o silêncio da noite, cerca das 23 horas, um carro

da Polícia surgiu inesperadamente em Sloane Square, transpor-
tando um grupo de detectives que se espalharam nas imediações
de uma cabina pública e em volta da praça.

Uma hora mais tarde, o carro e os detectives abandonaram
Sloane Square sem que se tivesse notado o menor resultado da
missão que, certamente, ali os levou.

Teria este movimento relação com o caso Haymes-Gilbert?

O BARMAN DE WARDOUR STREET «FOGE»
AOS JORNALISTAS...

Ninguém conseguiu «extrair» de Edward Rodriguez, proprie-
tário do bar Aracena, *no Soho, qualquer informação sobre o moti-*
vo por que foi abordado duas vezes pelo inspector Andrew Fried-
man e pelo sargento William Brackett.

Sabemos que Rodriguez reconheceu Miss Haymes no seu bar,
cerca de uma hora antes de ela ser encontrada morta, mas
Rodriguez recusou-se a prestar declarações aos repórteres que o
têm procurado, quer pessoalmente, quer pelo telefone. O barman
esteve ausente do Aracena *a noite passada; alguém nos informou*
de que adoecera (?)...

Pedro dobrou o jornal, bebeu o resto do sumo de laranja e
levantou-se da mesa.

«O pequeno-almoço inglês é uma refeição completa», pensou.

— Gostou dos ovos com *bacon*, Mr. Castro? — inquiriu-lhe
Mrs. Cameron, com um sorriso deferente.

— Gostei, obrigado.

— Um pouco mais de compota?

— Não, obrigado. — Acendeu o primeiro cigarro do dia.

— Já chamei o meu médico — tornou Mrs. Cameron. —
Estará aqui dentro de uma hora. Estou certa de que é uma
gripe...

— Também eu — concordou Pedro. — No entanto, quero
que a minha mulher seja assistida por um médico.

— Faz muito bem.

«Quando estamos longe da pátria, uma simples gripe toma as proporções de uma pneumonia, no nosso espírito!», pensou Pedro. «É preciso estarmos longe do nosso país e dos nossos para avaliarmos bem quanto amamos um e outros.»

Subiu a escada e entrou no quarto. Vera voltara a adormecer.

Aproximou-se da janela e olhou para a rua, para a tranquila Ebury Street.

«Aquele repórter deve ser um tipo esperto! A Polícia não se desmascara. Mas o tipo pressente qualquer coisa no ar! MENCIONOU A MISTERIOSA ACÇÃO POLICIAL EM SLOANE SQUARE.»

— Pedro...

Voltou-se e foi sentar-se na beira da cama, junto da mulher.

— Que temperatura tens? — perguntou-lhe.

— Trinta e oito e seis... É uma gripe... senti-a há duas noites.

— De qualquer forma, o médico está aí a chegar.

— Quero que me prometas uma coisa...

Olhou-a interrogativamente.

— Quero que não interrompas o programa que traçámos... se isto não passar de uma gripe...

— Não vou deixar-te sozinha.

— Não fico sozinha. Mrs. Cameron passa os dias agarrada à televisão; far-me-á companhia. É possível que eu possa ficar levantada e que também vá ver a televisão, lá para baixo.

— Mas...

— Os dias da nossa estadia estão contados, como sabes. Basta que seja somente um de nós a perder parte do programa... Já estive a ver no teu bloco o que está marcado para hoje...

— No *meu* bloco? — Levou instintivamente as mãos às algibeiras.

— Deixaste-o em cima da mesa-de-cabeceira — disse Vera, folheando o bloco. Interrompeu-se na página onde estava esboçada uma figura de homem empunhando um revólver. — É algum apontamento para o teu próximo livro? — sorriu.

— Sim... Estou a estudar um pormenor — esclareceu ele contrafeito.

«*Terá lido o nome de Christopher Haymes e o número do seu telefone, que está aí, algures, numa folha?...*»

— Windsor e Hampton Court — disse Vera —, o programa para hoje.

«Estou idiota de todo! Não escrevi o nome de Christopher Haymes no bloco; apontei somente o número do telefone...

A tensão que sentiu por momentos abrandou. Chegou a sorrir; a sorrir experimentando uma sensação de alívio.

— Sim. É Windsor e Hampton Court. Já tinha visto no bloco, ontem à noite. Mas não vou a Windsor e Hampton Court sem ti...

— Vais, Pedro. Caso o que eu tenho não seja doença de importância — acrescentou rapidamente antes que ele a interrompesse. — Uma gripe pode deter-me em casa três a quatro dias. Precisamente por ser Windsor e Hampton Court é que não deves deixar de ir. Se não fores, podemos não ter oportunidade de visitar mais tarde os dois castelos. Entretanto, se a oportunidade surgir, levas-me lá depois. Está bem?

— Está bem... depois de ouvirmos o que o médico disser.

Ela sorriu-lhe com satisfação.

— Não deves perder nada do que te interessa ver, e ainda há muito para visitar em Londres!

O médico tinha diagnosticado uma gripe e prescrevera o tratamento vulgar.

Pedro dirigia-se para Hyde Park Corner, onde devia tomar o autocarro para Windsor. Pensou em Vera, no seu espírito de sacrifício, e hesitou a meio do caminho. Devia regressar a casa? Devia desistir do passeio? Vera tinha sido sincera com ele; e, afinal, uma gripe não é uma doença grave! Por outro lado, ela tinha razão; podia ficar retida em casa durante três, quatro ou mais dias, e não lhes ser oportuno, depois, visitar Windsor e Hampton Court sem prejuízo da visita a alguns monumentos da capital.

Antes de tomar o autocarro, Pedro telefonou para casa. Mrs. Cameron atendeu e levou o telefone a Vera.

— Estou — disse ela.

— Ouve. Está a custar-me...

— Estou óptima, e vou fazer-te inveja; a televisão está a dar *Ten Little Niggers*, da Agatha Christie!

— Dava dinheiro para estar agora aí contigo. Gostava de ver esse filme outra vez.

— Por isso mesmo estou a fazer-te inveja!

— Não estás tal. Estás, sim, a consolar-me, a pretender fazer-me crer que não lamentas perder a visita a Windsor e Hampton Court... Duvido que saibas o quanto te amo. Noutras condições, não te teria deixado. Mas prometo a mim próprio voltar a Windsor e Hampton Court e levar-te comigo...

«Já tomaste os comprimidos?

— Já. Foste tu que mos deste!

«Tinha-me esquecido!»

— Voltaste a ver a temperatura?

— Voltei; desceu um bocado... Não percas mais tempo. Além do mais, quero prestar atenção ao filme...

— Um beijo.

— Que falta de meiguice! — riu ela. — Interdita a retribuição... por causa da febre!

Pedro desligou e dirigiu-se finalmente para o autocarro da *Green Line*.

X

Friedman ligou o intercomunicador e disse:

— Mande preparar um carro para nos levar a Eton, Brackett.

Em seguida, levantou o auscultador do telefone, pediu rede e marcou o número do *Evening*. Quando o atenderam, mandou chamar o repórter Samuel Burton.

A voz rouca do repórter surgiu na linha alguns segundos depois:

— Daqui Burton. Quem fala?

— Oiça, Sam — principiou Friedman. — Tenho uma grande admiração pela sua massa encefálica, mas acho que você está a esticar o pescoço de mais! Um dia destes, corto-lhe a cabeça...

— O meu bom amigo Andrew Friedman! — disse Burton, numa voz jovial. — Que magnífico cartão de apresentação... Aliás, você mandou imprimir uma série enorme com o mesmo texto. Como vai, Friedman?

— Eu, bom. E você?

— Sempre a meter o nariz aqui e acolá para ganhar a vida.

— E estragando a vida dos outros, ao mesmo tempo — explicou Friedman.

— Não me diga! Estraguei a vida a alguém?!

— Estragar, no verdadeiro sentido da palavra, ainda não o fez... mas pode estar a um passo de o fazer. Onde foi desencantar aquela história da «misteriosa acção policial em Sloane Square»?

— Um bom repórter deve possuir bons informadores...

— Está bem — atalhou Friedman. — Mas você não é um bom repórter, Sam!

— Eu altero a frase: um *mau* repórter deve possuir bons informadores. Há sempre um tipo que vê, outro que ouve...

— E outro que precisa que lhes metam uma rolha na boca para não falar de mais, Sam.

Súbito silêncio, no outro lado da linha.

— Sam?

— Estou aqui.

— Bom... Quero dizer-lhe umas coisas, mas não pelo telefone. Vou levá-lo comigo a Eton...

— A Eton?! Ao «paraíso das rosas» de Christopher Haymes?!

— Sim — confirmou-lhe Friedman secamente.

— Isso é chantagem? Você está a oferecer-me um passe para atravessar a cortina de ferro! Haymes não recebeu um único repórter até agora...

— Mas talvez o faça por *meu* intermédio.

— O que é que você pretende em troca, Friedman?

— Comerciante barato! — censurou o inspector. — Às vezes, o *suspense* é um bom golpe comercial, Sam. Você vai esperar que eu passe por aí num carro.

— O quê?! Quer que vá sujar o meu fato num carro da Polícia?!

— Não. Você vai é emporcar um carro da polícia com o seu fato e com o esqueleto que o mesmo oculta, Sam. Mexa-se, porque estarei aí dentro de um quarto de hora.

E desligou.

— Silêncio absoluto quanto à «misteriosa» acção da polícia em Sloane Square — disse Friedman, quando o carro que os conduzia parou em frente da entrada da residência de Haymes. — É esta uma das condições que ponho para você entrar connosco e «cozinhar» uma reportagem, Sam.

— E qual é a outra, amigo? — inquiriu Burton.

— Você vai escrever uma reportagem que terá como figura principal o *barman* do *Aracena*.

— Até sou capaz de lhe pagar por cima. Isso não chega a ser uma condição, Friedman! É o mesmo que meter-me a papa na boca.

— Acha, Sam? Bom, creio que ainda não lhe disse tudo. Você vai escrever um chorrilho de mentiras, compreende-me?

Sam Burton abriu os braços.

— Não, não vejo onde pretende chegar, amigo *chui*. Palavra que não!

— Quero que declare ao público que Edward Rodriguez, proprietário do *Aracèna*, é um tipo pouco esperto, totalmente desprovido de espírito de observação. Quero que diga que Rodriguez forneceu, involuntariamente, pistas erradas à Polícia e que esta já perdeu as esperanças de identificar o «homem da chamada anónima»...

— Além de tudo isso, Friedman, você *quer* que eu nunca mais possa aparecer no Soho, em especial na Wardour Street; ou que, a fazê-lo, saia de lá com todos os ossos quebrados! Bolas para essa condição, Friedman!

— Não ferva em pouca água, jornalista barato — protestou o inspector. — Claro que o *barman* irá colaborar connosco.

Burton sorriu.

— Assim soa-me melhor... — disse. — Qual é o seu objecti-vo, posso saber?

— Não sei como foi que você chegou a repórter, Sam!... O meu objectivo é descontrair ao máximo o autor do telefone-ma anónimo. Pretendo dar-lhe campo aberto... e espalhar por aí uma série de ratoeiras. Ele há-de cair numa, assim espero...

— Mas oiça, Friedman. Você está convencido de que ele matou a rapariga?

— Não, seu idiota, embora admita essa hipótese. Contudo, estou convencido de que não sendo o assassino, como creio, ele nos poderá levar ao assassino. Esta é a principal razão por que quero apanhá-lo.

Sam Burton acendeu um charuto, expirou uma longa bafo-rada de fumo para fora do carro e disse por fim:

— Conte comigo, Friedman. Aceito as duas condições contra

a seguinte: o exclusivo de uma reportagem sobre Haymes e a promessa de me reservar um «monte de trunfos» para publicar na altura devida.

Friedman deu-lhe uma palmada na perna.

— Obrigado — disse. — Em especial, por me evitar a maçada de ter que o retirar das reportagens criminais por uns tempos! — Abriu a porta e saiu, seguido do jornalista e de Brackett.

— Sabe uma coisa, Friedman? — disse Burton, quando entraram na propriedade. — Eu não ignorava que você não me dava uma alternativa.

— Admiro a sua inteligência, já lhe disse. Mas não quero que você contagie os seus colegas, nem quero que me estrague o trabalho. Vamos!

Christopher Haymes colheu a rosa murcha que destoava das restantes e admirou-a, segurando-a pelo pedúnculo. «Os mortos não têm lugar entre os vivos», pensou. Mas deixou cair a flor morta no chão sentindo-se condoído. E foi nesse momento que viu os três homens avançarem na sua direcção.

Reconheceu Friedman e Brackett, mas ignorava quem era o outro.

Dirigiu-se ao encontro dos visitantes, endireitando o lenço de seda que lhe envolvia o pescoço e apoiando-se na bengala. Caminhava com ligeireza, quase normalmente.

— Viemos interrompê-lo, Mr. Haymes — disse o inspector, desculpando-se.

— Estive a dar o meu passeio habitual — esclareceu Haymes. — De resto... depois da morte... depois do que aconteceu, ainda não tive disposição para retomar a minha vida no Banco. Tentei fazê-lo, mas desisti e resolvi ficar uns dias por aqui, entre as minhas flores — sorriu levemente e Friedman viu-lhe lágrimas nos olhos. — Já notaram o quanto há de belo numa flor; quanta paz irradia uma flor, tudo isto que nos rodeia?... A parte boa da vida está aqui; é aqui que fica o paraíso, não na cidade, onde se vive num frenesim constante, respirando o ar viciado, atropelando-nos uns aos outros...

— Creio que fez muito bem em isolar-se na sua propriedade por uns tempos — apoiou Friedman.

A corda sentimental de Samuel Burton estava a ser tocada. Na sua mente, já se esboçava uma reportagem para comover o público: «Christopher Haymes, isolado na sua propriedade de Eton, revê numa flor a beleza e a candura da filha perdida.» Título óptimo para arrancar duas lágrimas às mulheres e para sensibilizar profundamente os homens!... Mas seria assim, de facto? Não estaria a ridicularizar a história, melhor, a reportagem? Claro que não estava. Ele próprio sentia-se comovido.

Olhou para Haymes, para a sua perna esquerda, mais curta do que a outra, e para a sola do sapato excessivamente grossa que continha a altura necessária ao equilíbrio dos dois membros. A mão direita de Haymes apoiava-se no cabo dourado e refulgente da bengala. Mas, apesar daquela anomalia, Christopher Haymes possuía uma figura excepcional, uma figura sólida, que incutia respeito.

— Queiram acompanhar-me — disse Haymes, indicando com a bengala a porta envidraçada que se abria para o escritório.

Entraram. Burton ficou sentado no sofá, em frente da secretária e entre os dois *maples* ocupados por Friedman e pelo sargento. Haymes sentou-se à secretária.

— Tomam um *whisky*? — E, sem aguardar resposta, Haymes voltou-se e premiu o botão da campainha situada na parede, por detrás de si. Quando o mordomo apareceu, disse-lhe: — Sirva-nos *whiskies*, Jenkins. — Depois, olhou para o inspector e procurou mostrar-se amável: — Quero pedir-lhe que me desculpe a rispidez com que lhe falei ontem...

— Compreendi perfeitamente a sua atitude, Mr. Haymes — atalhou Friedman. — Estamos aqui por causa do que conseguimos captar do telefonema que ontem recebeu.

— Passei a noite em claro a pensar nesse telefonema — confessou Haymes. — *Um canhoto, ou um homem com a mão direita inutilizada, nas relações de minha filha.* Foi isto o que o homem disse, mas, francamente, ainda não descobri uma pessoa nestas condições. Pode ser alguém que eu não conheça...

— ...Ou alguém que conheça e que tenha a mão direita acidental e temporariamente inutilizada, *sem o seu conhecimento* — alvitrou Friedman.

— É muito possível — admitiu Haymes.

O mordomo entrou no escritório e, durante o tempo em que as bebidas foram servidas, mantiveram-se em silêncio.

— Aprovava o noivado da sua filha? — inquiriu Friedman, logo que o mordomo saiu.

— Em absoluto. Gilbert era um excelente rapaz; rapaz sério, de óptimas qualidades... Wanda estava, realmente, apaixonada por ele... Tudo quanto me interessava era vê-la feliz!

— Se nos puder fornecer uma lista das pessoas que se davam com a sua filha facilita-nos a tarefa, Mr. Haymes. Falou a alguém sobre os pormenores comunicados pelo homem que lhe telefonou de Sloane Square?

Samuel Burton arregalou os olhos e Friedman fitou-o de soslaio.

— Não... Esta casa passou a ser um túmulo desde o que aconteceu a Wanda. Não deve ignorar que minha mulher morreu há dois anos?...

Friedman moveu a cabeça afirmativamente.

— Não tenho por hábito discutir os meus assuntos com Jenkins, ou com qualquer dos criados, Inspector Friedman.

— Desculpe-me a insistência — pediu o inspector — mas, nem mesmo o disse à sua secretária particular?

— A Jean?!... Não. Jean trata dos meus negócios no que respeita às flores que cultivo. Ela só aqui vem duas horas por dia; ainda não a vi depois de receber a chamada.

— Nesse caso, os pormenores revelados pelo homem que lhe telefonou estão repartidos entre nós; *somente* entre nós. Não convém, de modo algum, que os divulguemos...

Christopher Haymes pegou numa folha de papel e na caneta.

Em seguida debruçou-se sobre a secretária, concentrou-se por uns segundos e principiou a escrever alguns nomes.

Friedman acendeu um cigarro e iniciou um passeio ao longo da sala. Enquanto isso, Samuel Burton, observando os outros em silêncio, reunia mentalmente as primeiras notas para uma reportagem.

XI

Mais uma vez, a tentação foi superior às suas forças...

Ao regressar de Windsor, a caminho de Hampton Court, Pedro sentiu-se atraído por Eton.

O secular Eton College erguia-se no fim da High Street, e o autocarro aproximava-se a cada instante...

Pedro olhou o relógio; quase 4 horas. Se desistisse da visita ao Palácio de Hampton Court e descesse em Eton? Talvez ainda tivesse oportunidade de ver o palácio com Vera...

— Eton — anunciou o condutor do autocarro, quando este se deteve na paragem.

Pedro levantou-se e saiu.

«Eton. Christopher Haymes mora aqui. Irei procurá-lo pessoalmente. Irei, de facto?»

Caminhou ao longo da rua. Estava uma tarde quente; o céu, azul límpido; as árvores verdejantes. Moradias típicas, aqui e além...

Quando deu por si, encontrava-se a uns cem metros da mansão de Christopher Haymes.

Parou, indeciso, quando notou o carro preto lá adiante, estacionado em frente do portão.

Olhou em torno de si, mas não viu vivalma. Encostou-se a um muro alto, aproveitando a sombra que este projectava no caminho.

Durante mais de um quarto de hora permaneceu ali, lutando consigo próprio, ensaiando aquilo que devia dizer.

«Mr. Haymes, eu sou aquele que lhe telefonou; eu vi o crime...»

Não. Não devia apresentar-se assim. Pediria para ser recebido pelo dono da casa... se ele estivesse, evidentemente. E se não estivesse?... Bom, isso não interessava no momento. Se Christopher Haymes não estivesse em casa, podia deixar-lhe uma mensagem pedindo-lhe que lhe telefonasse... Isso seria uma tremenda asneira! Se a Polícia... Não, não podia proceder assim; deixaria escrito que telefonaria mais tarde, sem mencionar o dia nem a hora.

Imaginou alguém a abrir-lhe a porta; talvez um criado de libré; o aspecto da mansão levou-o a admiti-lo.

«Diga a Mr. Haymes que tenho um assunto importante a comunicar-lhe.»

Acendeu um cigarro e deu um passo em frente, sem hesitar, mas interrompeu-se subitamente, ao ver três homens saírem da propriedade.

Voltou para trás. Quase no mesmo momento, uma cabeça desapareceu atrás do muro alto, uns metros para além do local onde se encontrava...

O suor frio nas mãos, na fronte e em todo o corpo. Um tremor nas pernas e uma incapacidade para executar um único movimento.

«Meti-me na boca do lobo!... Reage. Ninguém te poderá identificar; representa como um bom actor e toma uma decisão. Não fiques parado, indeciso; é, de tudo, o pior que podes fazer... Descontrai-te; sê natural e caminha numa direcção ou noutra... Não fiques parado!»

Tornou a voltar-se.

Lá adiante, os três homens conversavam junto ao carro preto. Seria um deles Christopher Haymes? Seria aquele que parecia alheio à conversa dos outros dois e que o olhava descaradamente?

«Terei mesmo visto a cabeça desaparecer atrás do muro? Não teria sido pura imaginação?!... De qualquer forma, prefiro caminhar ao encontro do que estou a ver, do que aproximar-me da incerteza...»

Atravessou para o lado oposto da rua, *assustadoramente* sossegada, e avançou na direcção do carro e dos três homens.

Levou o cigarro à boca, mas a mão tremia-lhe. Sentiu que podia trair-se, mesmo à distância, e atirou o cigarro fora.

Meteu as mãos nos bolsos, desviou os olhos do carro e dos homens e caminhou sempre em frente, procurando mostrar-se despreocupado, natural.

O carro e os homens ficaram para trás, e a tensão diminuiu dentro de si. Queria correr, mas não o devia fazer.

Passo a passo, despreocupadamente, com naturalidade. Passo a passo...

Foi então que...

— *Just a moment, please, sir*[1].

Um inglês frio, bem pronunciado.

Parou e virou-se.

Um dos homens, aquele que o fixara descaradamente, avançava na sua direcção. Tinha um porte irrepreensível e agradável. Um vago sorriso aflorou-lhe aos lábios, quando disse:

— Scotland Yard — e exibiu o cartão de identidade.

Pedro leu, num relance: *Inspector Andrew Friedman*.

«O carro preto. O carro preto da Polícia...»

Friedman estendeu a mão, exibindo entre os dedos um cigarro apagado.

Sentindo-se quase desfalecer, Pedro leu: *Porto*.

— Acabou de deitar fora este *significativo* cigarro — disse Friedman. — Os seus documentos, por favor...

No mesmo instante, Pedro reparou que os outros dois homens principiavam a atravessar a rua e, mais para além, viu uma cabeça e uma arma surgirem no cimo do muro.

— Cuidado! — gritou, e empurrou violentamente o inspector para o lado.

As balas sibilaram perto deles ricocheteando no chão e levantando nuvens de poeira...

Corria como um louco, sem destino. Fugia. Não importava

---

[1] Espere um momento, por favor, senhor.

de quem quer que fosse. Ouvia as vozes já distantes, misturando-se confusamente, mas continuava a correr, a correr sem parar um só segundo.

Voltou à esquerda e viu a estrada ao longe, a uma meia centena de metros. Era preciso alcançá-la: *ela era a única saída...*

Percorreu os cinquenta metros, desembocou na estrada com dificuldade e sentindo todo o corpo alagado em suor.

Uma voz ordenou-lhe:

— Entra, se não queres que te encha o esqueleto de buracos!

Vindo de algures, chegou até ele o ruído do motor de outro carro, mas não havia alternativa; entrou.

A porta foi fechada sobre si, com força, e o carro arrancou a grande velocidade.

Um dos acólitos do assassino murmurou, olhando para o homem que o acompanhava:

— Está um tipo encostado ao muro. Achas que poderá ser o *gajo* que procuramos?

— Apostaria que sim — respondeu o outro. — Não estamos em Piccadilly! Esse tipo está aí por qualquer razão especial... Tens a certeza de que não é um *chui*?

— Não, já te disse que os *chuis* estão dentro da propriedade de Haymes, perto do portão. Há mais de uma hora que entraram para lá outros três tipos... Vou espreitar.

Ergueu-se e, cuidadosamente, observou a rua, do cimo do muro.

— O tipo está a aproximar-se do portão — disse, e empunhou a automática. Nesse momento preciso, viu os três homens atravessarem o portão e pararem junto do carro. — O *gajo* é capaz de me ter visto — disse ao outro.

— Aposto que é o tipo que procuramos!

— Sim, estou certo de que é. — Voltou a espreitar. — Ele atravessou para o lado de lá e avança em direcção ao carro... Um dos três tipos foi agora ao meio da rua apanhar qualquer coisa... É um *chui*! — disse, elevando a voz. — Põe-te a andar. Vai para o carro e liga o motor; ele só tem duas saídas, por aqui ou pelo lado para onde se dirige. Vou disparar; se o tipo escapar, irei ter contigo e surpreendê-lo-emos na estrada...

— Tens a certeza de que, se ele escapar, não foge por este lado? — inquiriu o outro.

— Não, porque estou certo de que ele me viu. Faz o que te disse!

O outro afastou-se.

O acólito do assassino apontou a arma e aguardou; não lhe interessava atingir o polícia...

Foi então que, inesperadamente, o suspeito empurrou o polícia e deu um salto para o lado.

Fez fogo; descarregou uma série de balas que ricochetearam no solo levantando nuvens de poeira. O suspeito começou a correr como um louco na direcção da esquina da rua, a caminho da estrada.

Decididamente, saltou o muro e foi ter com o outro, que o aguardava no carro já com o motor a trabalhar...

Friedman perdeu o equilíbrio e arrastou Burton consigo, na queda. Enquanto isso, o sargento Brackett, momentaneamente desorientado, olhava ora para um ora para o outro extremo da rua.

Os dois detectives de serviço na propriedade de Haymes atravessaram o portão a correr e dirigiram-se na direcção do local de onde tinham disparado a arma.

Ainda no chão, Friedman reconheceu que ele, Brackett e Burton deviam seguir na direcção oposta à dos detectives.

— Ponha esse carro a trabalhar! — ordenou ao motorista.

Brackett estendeu-lhe o braço e ajudou-o a levantar-se. Já Burton tinha aberto a porta do carro.

XII

17.35h

Estaria ainda àquela hora em Hampton Court. Vera devia calcular isso mesmo...

Porém, o facto é que ele não estava em Hampton Court, mas sim num quarto frio e escuro de uma cave, numa casa de campo.

Não lhe tinham tocado... *Ainda não lhe tinham tocado.* Não lhe haviam dirigido a palavra senão para lhe dizer: «Entra, se não queres ficar com o esqueleto cheio de buracos.»

Encontrava-se ali havia meia hora, no meio de um silêncio sepulcral e na expectativa de não sabia o quê. Ouviu passos sobre a sua cabeça, no andar de cima. Alguém usava sapatos que rangiam, provocando um ruído enervante!

17.37h

«Obsessão. Fui vencido por uma verdadeira obsessão! Meti-me neste caso até ao pescoço e envolvi-me nele como a mosca na teia de aranha...»

17.38h

«Não tenho possibilidade de fuga... nem talvez de escapar. Não devo pensar em Vera neste momento...»

No andar superior, os passos deixaram de se ouvir, mas o ranger enervante foi-se aproximando a pouco e pouco, até se interromper junto à entrada do quarto.

A porta foi aberta de rompante e os homens que o tinham trazido no carro, para aquela casa isolada, entraram exibindo ambos um sorriso desagradável, quase selvagem.

Um deles ficou encostado à ombreira da porta. O outro avançou na direcção de Pedro e disse-lhe:

— Esvazia os bolsos.

Pedro obedeceu. Não se importou com o facto de ter que cumprir a ordem, mas lamentava não se ter esquecido do passaporte. Contudo, tomou a resolução de não o retirar da algibeira.

Atento, o homem disse-lhe:

— Tens a certeza de ter esvaziado todas as algibeiras?

«Vou tentar convencê-lo de que o fiz...»

Retirou o lenço do bolso das calças e exibiu-o.

— Fica com o lenço. És capaz de vir a precisar dele!

Havia um tom de ameaça na sua voz.

— Não fumas?

«O inspector pôs-me de sobreaviso! Dar-te o maço de cigarros será o mesmo que dizer-te que possuo um passaporte, que sou estrangeiro...»

— Dá-me um cigarro. Vi-te acender um, quando rondavas a casa de Haymes.

Pedro fechou a mão sobre o maço, tirou-o do bolso e estendeu-lho.

O homem tirou um cigarro, distraidamente, e disse:

— Lume.

Pedro acendeu o isqueiro. O homem tragou o fumo longamente e concedeu:

— Podes encher as algibeiras outra vez, e diverte-te. — Rodou sobre os calcanhares e saiu, seguido do outro.

Fecharam a porta com estrondo e deram duas voltas na chave.

17.50h

Guerra fria; guerra de nervos. Era o processo inicial de ataque que eles empregavam.

Pedro passeou ao longo do quarto. Por fim subiu para um banco e espreitou através da janela gradeada.

À sua frente, estendia-se uma vasta extensão de relva e arvoredo, sob o céu azul e límpido daquela tarde.

17.53h

114

Novamente o ranger de sapatos no andar de cima, ruído monótono e enervante.

«Por que motivo me pediu ele o cigarro? Talvez porque já tivesse acabado os dele; talvez somente pelo facto de me obrigar a obedecer-lhe num pequeno nada...»

17.54h

Não deu pelo súbito silêncio que se estabeleceu no andar superior; só ouviu o ranger de sapatos já junto à porta quando alguém rodou a chave para a abrir.

Os dois homens do carro apareceram e fizeram-lhe um sinal para que os acompanhasse.

Seguiu-os através de um corredor cimentado e foi empurrado para um cubículo sem janela, escuro como breu.

Um dos homens acendeu um fósforo cuja chama lhe iluminou grotescamente o rosto e uma cadeira velha e desconjuntada, na sua frente.

— Senta-te — ordenou-lhe o tipo que lhe pedira um cigarro havia pouco. — Acende a luz — disse, de mau modo, ao que o acompanhava.

Uma lâmpada potente incidiu sobre o rosto de Pedro, que fechou os olhos automaticamente.

— Chama o patrão... Diz-lhe que está tudo pronto — tornou o homem. «Tudo pronto», para Pedro, eram aquela cadeira desconjuntada onde se achava sentado e uma mesa tosca, aparentemente rectangular, à sua frente, sobre a qual se encontrava o candeeiro com uma lâmpada de 200 W pelo menos...

«Um quarto sem janela; paredes à prova de som, certamente... Mas sinto-me calmo como nunca, embora esteja em face do perigo. Todo o medo que me atormentou até agora desapareceu... Não todo, na verdade, porque sinto algum; mas sinto-o de modo diferente, neste momento. Será que um tipo, à beira do abismo, consegue recuperar a calma e adquirir uma certa coragem?...»

Era-lhe impossível descortinar o que se passava para além da luz, mas percebeu que duas pessoas entravam no quarto.

— Bom trabalho! — comentou uma voz que até ali não ouvira ainda.

Alguém se sentou defronte dele, no outro extremo da mesa. No semicírculo de luz que banhava o tampo, do seu lado, apareceram dois punhos cerrados e, parcialmente, as mangas de um fato castanho.

A voz do homem, perdido no escuro, a quem pertenciam aquelas mãos, dirigiu-se-lhe:

— O ilustre desconhecido, então!

Era uma voz bem timbrada e aparentemente calma.

— Não tem má cara; um tipo cem por cento latino: cabelo preto, olhos castanhos... — abriu ambas as mãos, mas somente da direita caiu um cigarro com a ponta queimada, que ficou banhado pelo semicírculo de luz. — Documentos! — tornou a voz bem timbrada. — *Lamentamos* ter andado um pouco mais depressa do que a Polícia! E *lamentamos*, igualmente, que o senhor tenha tido a *pouca sorte* de ter assistido à prática de um crime!

«Só um inconsciente como eu poderia admitir que levaria este estúpido jogo de anonimato até ao fim... Não tenho outra saída senão colocar-lhe o passaporte em frente dos olhos... Eis o motivo por que o outro me pediu o cigarro...»

Lentamente, Pedro retirou o passaporte da algibeira e pousou-o sobre a mesa. As mãos iluminadas abriram o pequeno livro de capa azul e os olhos invisíveis iniciaram o exame.

Ao fim de alguns minutos, a voz fez-se ouvir de novo:

— Perfeita harmonia entre este passaporte e o cigarro... Mr. Castro! Onde se encontra instalado, em Londres?

«Vou fornecer-lhe um endereço errado, mas tenho que o fazer rapidamente, sem hesitar...»

— Maida Vale, 5A.

— Onde se encontra a sua mulher?

— Em casa... doente.

«Pensas que os sensibilizas com isso?!»

Uma das mãos desapareceu momentaneamente do semicírculo iluminado, para reaparecer segurando uma folha de papel e uma esferográfica.

— Repita a morada — ordenou a voz.

— Maida Vale, 5A.

A mão esquerda empunhou a esferográfica e tomou nota no papel.

A mão esquerda!... Estou em frente de um canhoto, EM FRENTE DO ASSASSINO!...

A mão direita abriu o passaporte e a esquerda começou a apontar os elementos contidos no documento. Finalmente, o passaporte foi retirado da zona de luz, bem como a folha de papel e a esferográfica, que desapareceram na escuridão.

— Ponha sobre a mesa tudo o que tem nas algibeiras — tornou a ordenar a voz.

Pedro obedeceu: já nada tinha a ocultar. Esvaziou os bolsos e colocou tudo o que possuía consigo em cima da mesa.

O que atraiu a imediata atenção do homem que se encontrava para além da luz foi o bloco de notas. E Pedro reconheceu tarde de mais o seu erro; devia ter evitado mostrar aquele bloco...

A mão esquerda folheava-o...

— Estadia em Londres: Mister Reginald Cameron, Elbury Street — leu a voz, e Pedro pressentiu que o homem sorria. — Com que então Maida Vale, hem?! — A folha foi arrancada do bloco. — Averigua — disse a voz fazendo desaparecer a folha na zona escura.

O cérebro de Pedro entrou numa actividade febril; procurava recordar-se, a todo o custo, de truques que lera em romances e que ele próprio imaginava quando, tranquilamente, trabalhava num livro. Mas apenas lhe ocorreu uma artimanha vulgarizada de mais para alcançar êxito.

— Não tem necessidade de mandar averiguar — disse dirigindo-se ao «fantasma» que se encontrava na sua frente. — É nessa morada que estou hospedado...

Ouviu uma gargalhada como resposta.

— Não nos inspirou confiança, logo de início, Mr. Castro — disse a voz, sarcástica. — Devo confessar-lhe que tivemos sorte em apanhá-lo, apesar de termos posto, para esse fim, um bom dispositivo a funcionar... Agora, que o temos nas mãos, não vamos deixá-lo voar! Bem sei que a Polícia já o identificou; ou por outra, a Polícia ainda não o identificou, mas está a um passo de o fazer, porque o senhor foi visto por três ou quatro polícias. Todavia, os seus documentos estão na nossa posse, não se esqueça...

— Pensa que me teria vindo meter na boca do lobo sem tomar algumas precauções? — arriscou Pedro.

— Precauções, Mr. Castro?! Que género de precauções, posso saber?

«Terei ganho alguns centímetros de terreno?»

— Admiti a hipótese de cair na boca do lobo — disse Pedro imprimindo às palavras o tom mais calmo que lhe foi possível empregar. — Minha mulher sabe de todos os passos que dei...

— E daí, Mr. Castro?

— A estas horas já entrou em contacto com a Scotland Yard...

— E daí, Mr. Castro? Acha que a Scotland Yard pode saber onde o senhor se encontra?

— Talvez...

— Isso é muito optimismo da sua parte! O raio de acção da Polícia não abrange este local, para sua informação, Mr. Castro.

— Não creio que se arrisquem a matar-me... Sou estrangeiro e vocês não devem querer meter-se em sarilhos diplomáticos...

— Aprecio imenso o seu optimismo! — Calou-se subitamente e continuou a folhear o bloco.

Um par de mãos bem tratadas e aquele bloco era tudo o que Pedro conseguia ver, apesar de todo o esforço empregado para tentar perscrutar o rosto do homem para lá da luz potente que lhe incidia nos olhos.

— Ah! — exclamou a voz. — Aqui está o apontamento ideal para prosseguirmos o interrogatório, Mr. Castro — o seu indicador apontava o esboço de um homem empunhando uma arma. — Foi isto o que o seu cérebro reteve da cena observada?

— Mais ou menos.

— Desprezemos o menos e discutamos o mais. Convido-o a dissertar sobre o assunto.

— Creio que tem aí tudo, nessa folha de bloco.

— Isto não diz muito sobre o assassino que nós desejamos identificar...

«Estarás a procurar iludir-me?»

— Fixou-lhe o rosto?

— Não lhe vi o rosto.

— Qualquer outra particularidade?...

«Não sei o que pretendes, mas vou continuar a fazer o meu jogo.»

— Nenhuma.

Um riso nervoso, para além da luz.

— Interessante, Mr. Castro. Então, por que motivo fez este esboço?!... Quando uma pessoa não tem qualquer particularidade a apontar, não necessita de um esboço...

— Fiz isso enquanto tomava uma bebida num bar... Fiz esse desenho simplesmente por fazer... Talvez tenha procurado reconstituir a figura integral do assassino de Wanda Haymes, mas a verdade é que não consegui.

— Com certeza?

— Absoluta.

«Não terá notado ainda que tem a arma na mão esquerda?»

Silêncio.

Depois, num ápice, as mãos desapareceram da zona luminosa e a voz fez-se ouvir, mais distante:

— Levem-no.

Uma porta bateu. Em seguida, um par de punhos segurou Pedro por baixo dos braços.

A luz apagou-se e, simultaneamente, um objecto duro abateu-se sobre o crânio de Pedro, que mergulhou numa escuridão completa.

Eram 18.15h.

XIII

Friedman amachucou bruscamente o cigarro no cinzeiro e olhou para Brackett e Burton, ambos na sua frente.

— Detesto um desaire de este género!... É o mesmo que recolher a linha com um belo exemplar preso no anzol e vê-lo fugir, quando estamos quase a metê-lo no saco!

— A pista que você seguiu foi óptima — elogiou Burton, para dizer qualquer coisa. — Partindo de uma simples ponta de cigarro, chegou ao homem que procurava, Friedman...

— Cale-se, Sam! Fiz o mais difícil, para o deixar escapar quando já o tinha na mão!

— Calar-me-ei — disse Burton reconhecendo o desespero do inspector. — Vou andando, para não tornar a abrir a boca. — Encaminhou-se para a saída e levou a mão ao fecho da porta.

— Um momento, Sam... O que vai fazer?

— Reunir algumas letras para escrever sobre Haymes.

— Só isso, por enquanto?

— Pois. Que mais quer que vá fazer, Friedman?

— Quero, precisamente, que não escreva mais qualquer outra coisa acerca de este caso... até que volte a falar consigo. Entendidos?

— Perfeitamente. Contudo, lembro-lhe que o jornal me paga para escrever reportagens criminais, amigo.

— Eu sei, Sam... Mas não quero que vá baralhar as cartas mais do que já estão. Vou pensar no assunto e entrarei em contacto consigo ainda hoje.

— *Okay*, Friedman.

E Burton saiu finalmente.

— Confia neste tipo, *sir*? — perguntou Brackett.

— Como num bom irmão. Burton não faltará à palavra; não é homem para nos complicar as coisas, depois de avisado. E já o avisei.

Friedman levantou-se da cadeira, contornou a secretária e aproximou-se da janela. Olhou para fora, para o movimento de tráfego e pessoas. Acendeu outro cigarro.

Na verdade, podia não se encontrar ali, àquela hora: podia estar internado num hospital — na melhor das hipóteses — ou encontrar-se na mesa de autópsias. O empurrão dado pelo homem que ele deixara escapar salvara-o de uma coisa ou de outra. Vira, na perfeição, as balas disparadas levantarem poeira do chão, exactamente no local onde segundos antes estivera. Portanto, raciocinando com lógica, o homem (que podia muito bem ser um chantagista) mostrara com clareza que não possuía instintos homicidas.

Friedman desprezara já a hipótese de esse suspeito chantagista ser o próprio assassino de Wanda Haymes. Aquele ataque inesperado, junto da propriedade de Haymes, não alimentava, de modo algum, essa hipótese! Antes pelo contrário, punha em evidência que o suspeito chantagista se encontrava entre dois fogos: a Polícia e o assassino.

Apesar de lhe interessar, para o prosseguimento das investigações, apanhar o chantagista, Friedman achava que era *sua* obrigação defender a vida de esse homem, porque estava em dívida para com ele...

Voltou-se para o sargento...

— Mande dactilografar a lista que Haymes nos deu, Brackett. Vamos principiar por uma ponta e acabar na outra.

Brackett preparou-se para abandonar o gabinete.

— Permite-me uma sugestão, *sir*? — perguntou, ao que Friedman lhe respondeu com um gesto de cabeça. — Se já sabemos que o nosso suspeito é português, residente ou simples turista em Londres, poderíamos talvez recorrer à Embaixada de Portugal!...

— De modo algum! Será a última coisa que farei, Brackett... Evitemos, enquanto nos for possível, complicações de ordem

diplomática. Se nos dirigíssemos à Embaixada não identificaría-
mos mais depressa o nosso suspeito, precisamente por ignorar-
mos se se trata de um estrangeiro residente em Londres, ou de
um simples turista. Além da imensidade de complicações que
iríamos levantar, somente através de uma fotografia seria possível reconhecer o português. Já pensou no trabalho necessário
para arranjar essa fotografia, Brackett?

— Acho que tem razão, *sir*.

— Também você a tem — comentou Friedman. — Caso
não consigamos identificar o português, por qualquer meio ao
nosso alcance, teremos, infalivelmente, que pedir auxílio à Embaixada de Portugal...

— Outra coisa, *sir*... — Brackett calou-se, como se receasse
alarmar o seu superior. — Cumpre-me lembrar-lhe que o nosso
suspeito pode estar nas mãos do assassino, o que poderá tra-
zer-nos outro género de complicações de ordem diplomática.
Se o português for morto...

— Não se adiante em deduções, Brackett! — censurou o
inspector alteando a voz. — Mande dactilografar essa lista imediatamente.

O sargento calou-se e abandonou o gabinete.

«Ele tem razão», pensou Friedman. «Estou metido numa
camisa de onze varas!»

Aproximou-se do grande mapa da cidade, afixado num
quadro suspenso da parede, e, distraidamente, olhou para Sloane Square. Ali tinham perdido o português pela primeira vez...

De súbito, ocorreu-lhe uma ideia de que ainda não se lem-
brara. Sentiu todo o corpo em pele de galinha, ao experimentar
uma ligeira emoção, e perguntou-se: «Por que não?... No lugar
dele eu teria feito o mesmo!»

Ligou o intercomunicador e chamou:

— Brackett!

— Mandei dactilografar a lista, *sir* — anunciou o sargento,
ao reaparecer no gabinete.

— Iremos servir-nos dela imediatamente, mas temos outro
assunto a discutir antes disso. — Sorriu vagamente. — Oiça,

Brackett. Suponha que os nossos telefones se avariam e que, portanto, não os podíamos utilizar. Contudo, você tinha necessidade de fazer uma chamada. Que resolução tomaria?

Brackett olhou-o, desconfiado.

— Ia fazer o telefonema lá fora...

— Não chega. Diga mais coisas. *Onde* iria telefonar?

— Certamente que procuraria uma cabina pública nesta área, ou utilizaria um telefone de um estabelecimento das imediações.

— Está certo — apoiou Friedman. — *Logicamente* certo... Mas oiça ainda outra coisa. Suponha que o telefonema que pretendia efectuar se destinava a um número que estava sob escuta?...

— Sob escuta, com o meu conhecimento?

— Sim.

Brackett hesitou um pouco, antes de responder:

— Bom... Se eu tivesse conhecimento de que o número para onde pretendia ligar estava sob escuta e se soubesse que a área de onde fizesse a chamada podia, em certo sentido, ser-me prejudicial ou, até, denunciar-me, procuraria telefonar de uma zona que ficasse nos confins do mundo!

— Isso, se você soubesse que o outro telefone estava em regime de escuta e se, por conseguinte, não quisesse fornecer à Polícia o mínimo dado que o pudesse relacionar com o local de onde efectuasse a chamada.

— Perfeitamente, *sir*.

Friedman teve um largo sorriso. Voltou-se para o mapa da cidade e, com o indicador, traçou uma circunferência imaginária em volta de Sloane Square.

— Mande alguns homens fazerem averiguações nesta área, Brackett. Vamos utilizar o processo mais discreto: *empregados da Companhia dos Telefones em serviço de fiscalização*. Trate disso, Brackett; quero os homens a trabalhar ainda hoje.

— Mas, *sir*... Qual é o objectivo? — Brackett mostrava-se confundido.

— Quando resolveu telefonar a Haymes, o nosso suspeito *não sabia* que o telefone estava em regime de escuta. Por conseguinte, o nosso suspeito deve residir nas imediações de Sloane Square. É a lógica que mo diz... apesar de que sou forçado a admitir que a lógica pode estar a induzir-me em erro. Mas temos necessidade absoluta de não desprezar a mais insignificante pista, Brackett.

— Decerto, *sir*.

— Nós vamos procurar, exactamente, agulha em palheiro — prosseguiu Friedman denotando certo entusiasmo na voz. — Vamos procurar um cidadão português, turista ou residente em Londres, fixado nas imediações de Sloane Square... — Interrompeu-se inesperadamente e bateu com o punho cerrado no tampo da secretária. — Estupidez a nossa! — exclamou. — Desculpe a parte que lhe diz respeito, Brackett — sorriu —, mas só agora cheguei à conclusão de que não é um residente em Londres que devemos procurar: *é, sim, um turista!*

— Confesso...

— Confessa nada, Brackett. A não ser que você queira concordar que foi tão estúpido como eu, até este momento! Não é natural que um emigrante, um estrangeiro residente em Londres, fume cigarros do seu país. Você sabe perfeitamente das dificuldades que a alfândega levanta; não ignora, com certeza, que é muito pouco natural que um tipo que venha residir e trabalhar para cá não se adapte ao nosso tabaco...

— Mas, se o português foi telefonar à cabina por não ter telefone na casa onde se hospedou?

— É rara a casa que não tem telefone hoje em dia. Ele foi à cabina, porque não queria falar de casa... Seja como for, Brackett, vamos jogar mais uma cartada. E não há muito a lamentar; não nos temos saído de todo mal, até agora... Os homens que tenham os olhos e os ouvidos bem abertos; que procurem por todos os meios possíveis descobrir se há algum turista português residente na habitação que visitarem. Alguma dúvida, Brackett?

— Nenhuma, *sir*.

— Óptimo. Depois de dar as suas ordens, traga a lista que Haymes nos forneceu. Vamos principiar numa ponta e acabar na outra, como já lhe disse.

O sargento preparou-se para abandonar o gabinete, mas Friedman ainda lhe recomendou:

— Discrição absoluta, Brackett. Não quero que os homens possam afugentar a presa!

— Como, *sir*? Se o português tiver caído nas mãos do assassino...

— De qualquer modo, *não* sabemos se ele veio visitar Londres sozinho ou acompanhado, não é verdade?

A lista fornecida por Christopher Haymes continha alguns nomes de, aparentemente pelo menos, pouco interesse, ou interesse secundário. Entretanto, a firme intenção do inspector Andrew Friedman era principiar numa ponta e acabar na outra...

O primeiro nome da lista: Emma Stewart — estudante de Medicina, colega e amiga de Wanda Haymes.

Miss Stewart, dentro de um vestido muito pouco discreto, de decote excessivamente grande e saia excessivamente curta, recebeu Friedman e Brackett com muito à-vontade.

Miss Stewart tinha cabelo loiro, oxigenado, mas possuía boa figura e era o que pode considerar-se uma rapariga atraente.

— Inspector Friedman, da Scotland Yard. O sargento Brackett — disse Friedman tirando o chapéu e entrando na pequena sala de estar.

— Calculo que me procurem por causa de Wanda... Confesso que estava admirada por não o terem feito ainda...

— A sua colega foi assassinada há apenas três dias, Miss Stewart.

— Bom, mas eu era a sua melhor amiga, creio...

— Se tinha qualquer coisa a declarar, o seu dever era procurar-nos — cortou Friedman secamente.

— Qualquer coisa a declarar? Por Deus, creio que não está a entender-me, inspector! Nada sei sobre a morte da Wanda a não ser o que li nos jornais e o que Haymes me disse pelo telefone.

— Já é alguma coisa, Miss Stewart... Mas, vamos por partes. Permite que me sente?

— Com certeza... Perdoe-me — e indicou um sofá forrado de linho estampado.

Brackett abriu o bloco de notas e empunhou a esferográfica.

— Esteve com Miss Haymes no dia em que ela foi assassinada? — perguntou Friedman.

— Não.

— Desde quando não a via, nesse caso?

— Um momento... Deixe-me pensar, por favor... Desde a véspera; sim, foi isso mesmo, desde a véspera.

— Onde esteve com Miss Haymes?

— Numa aula prática de Anatomia.

— Notou qualquer atitude estranha na sua amiga?

— Francamente, não. Porquê?

— Não notou, então, que Miss Haymes se mostrasse apreensiva, por exemplo?

Emma Stewart meneou a cabeça.

— Não — disse, sem hesitar. — Se Wanda estava apreensiva, se tinha algum problema que a preocupasse, não notei.

— Outra pergunta, Miss Stewart. A sua amiga nunca teve um desabafo consigo? Nunca...

— Wanda era alegre por natureza. Não era do tipo de ter desabafos. Vivia feliz, acho eu... Não creio mesmo que tivesse problemas de qualquer natureza.

— Nos nossos dias, quem não tem problemas de qualquer natureza é uma pessoa completamente feliz! — comentou Friedman sorrindo. — Conhece John Gilbert, Miss Stewart?

Emma Stewart estremeceu, corou e entrelaçou os dedos, com movimentos nervosos que não foi capaz de evitar. Depois, desviando os olhos de Friedman, disse:

— Gilbert também é meu colega, da Faculdade...

— Não tínhamos tido necessidade de a incomodar para sabermos isso, Miss Stewart — declarou Friedman, com ironia.

— Então?...

— Bom. O que queremos saber é se conhece bem, intimamente (se é este o termo mais adequado), John Gilbert?

— O que pretende insinuar, inspector?! — voltou a corar, mas desta vez o brilho dos seus olhos mostrava indignação.

— Não pretendo insinuar coisa alguma... Há várias espécies de amigos: amigos afastados, amigos mais ou menos afastados, amigos íntimos... Era precisamente aqui que eu queria chegar, Miss Stewart.

— Temos estudado juntos muitas vezes...

— Temos, quem, Miss Stewart?

— Eu, John e... Wanda... Quero dizer, estudámos juntos muitas vezes.

— Há quanto tempo não vê Gilbert?

— Ele tem faltado às aulas.

— Desde quando, Miss Stewart?

— Não sei bem. Talvez de há uns quatro ou cinco dias para cá.

— Acha que Miss Haymes e John Gilbert gostavam um do outro, realmente?

O brilho que voltou a aparecer nos olhos da rapariga não agradava a Friedman.

— Acho que sim, acho que Wanda se perdia de amores por ele... E John também lhe correspondia. Lamento-o, na verdade, creia-me; John deve sentir-se profundamente abalado!... Onde se encontra ele, sabem?

— Não, Miss Stewart. Tem alguma sugestão para nós?

— Outra insinuação?... Francamente, Wanda foi morta em casa de John! É natural que ele desaparecesse... porque...

— *Porque*, Miss Stewart?

— Não sei... o assassino colocou John numa situação difícil perante a Polícia... Nada tenho a ver com o caso!

— Ninguém lhe diz o contrário, Miss Stewart. Mas, quando uma pessoa está inocente não tem necessidade de se esconder da Polícia, não lhe parece?... Quererá ter a bondade de nos fornecer os nomes de outros colegas de Miss Haymes, daqueles com quem ela se dava mais, que possam ter interesse para as investigações?

— Dois ou três nomes, ao todo. — Levantou-se, dirigiu-se a uma escrivaninha e escreveu os nomes pedidos numa folha de um pequeno bloco, que arrancou depois e entregou a Friedman.

— Não sei se algum deles lhe poderá dar quaisquer indicações úteis — disse. — É uma questão de tentar... Estávamos a estudar, eu e os colegas cujos nomes escrevi nesse papel, à hora a que Wanda foi assassinada.

— Muito obrigado. Não faz tenção de sair de Londres, pois não, Miss Stewart?

— Em tempo de estudo? Evidentemente que não!

Friedman pegou no chapéu e Brackett guardou o bloco e levantou-se do *maple*.

Emma Stewart acompanhou-os à saída e fechou delicadamente a porta.

— Não é canhota, nem tem a mão direita inutilizada — disse Brackett, quando chegaram à rua.

— Já tinha reparado — respondeu o inspector sorrindo. Depois, estendeu ao sargento a folha de papel manuscrita pela rapariga e acrescentou: — Mande verificar os álibis de esta gente; prefiro eliminar antecipadamente o que não serve... Confesso-lhe que não gostei das reacções de Emma Stewart.

E entraram no carro que os aguardava.

XIV

19.45h

O telefone tocou, lá em baixo. Vera ouviu Mrs. Cameron atender:

— Sim... Sim... É... Como?... Um momento, por favor.

E foi tudo o que conseguiu escutar, porque Mrs. Cameron interrompeu a conversa para mudar o telefone da sala e ligá-lo à tomada de outro quarto.

Na verdade, ela nada tinha a ver com as chamadas que a dona da casa recebia!... Mas, a princípio, pensou que fosse Pedro...

Sentia-se melhor; não voltara a ter febre desde a hora do almoço. Virou a página do livro e retomou a leitura.

Ouviu os passos de Mrs. Cameron, que subia a escada lentamente. Depois, olhou para a entrada do quarto e viu-a aparecer, exibindo um sorriso forçado.

— Tenho que sair inesperadamente, Mrs. Castro. Mas não conto demorar-me... Precisa de alguma coisa?... Decerto não tem medo de ficar só, por uns momentos apenas...? — forçou um pouco mais o sorriso.

— Sinto-me bem, Mrs. Cameron. Estou apenas admirada com a demora do meu marido.

— Não se preocupe; ele não deve tardar. Windsor e Hampton Court não ficam ali na esquina!... Quer que lhe traga o aparelho de televisão para aqui?

— Não, obrigada. Prefiro continuar a ler, porque estou muito interessada neste livro.

— Não conto demorar-me — repetiu a dona da casa. —

O meu marido virá mais tarde, esta noite. Se ouvir bater à porta, não faça caso... Farei o possível para não me demorar. Até já.

— Estou muito bem, Mrs. Cameron. Não deve transtornar a sua vida por minha causa. Um livro é uma excelente companhia. — Sorriu, também um sorriso forçado; não lhe agradava ficar só, mas não tinha o direito de exigir que ela não saísse.

20.03h

Os olhos ardiam-lhe; colocou a marca no livro, fechou-o e pousou-o na mesa-de-cabeceira... Estaria com febre?

Cinco minutos mais tarde o termómetro revelou-lhe que a sua temperatura se mantinha normal.

Apagou o candeeiro e habituou os olhos à penumbra do quarto. A luz do lampião situado em frente da casa coava-se através dos vidros e cortinas das janelas projectando esta na parede, ao seu lado direito.

Ouviu o motor de um carro que passava e, depois, o de outro. Mas este último automóvel parou, se não à porta do edifício pelo menos muito perto deste.

Seria Pedro? Sorriu à lembrança de que fosse ele; Pedro, o seu comodismo...

Foi então que escutou um ruído pouco preciso, vindo do rés-do-chão; talvez a chave a ser introduzida na fechadura... Sim, era isso mesmo.

Não podia ser Mrs. Cameron; se fosse, já lhe teria falado lá de baixo. Nem era, certamente, o dono da casa, que devia regressar mais tarde, naquela noite. Restava uma única hipótese: Pedro... Mas Pedro também lhe devia falar lá de baixo, a não ser que...

Voltou a sorrir e levou a mão ao candeeiro da mesa-de--cabeceira. Porém, suspendeu o gesto e resolveu não acender a luz. Talvez Pedro a quisesse assustar, ou pretendesse observar a sua reacção; uma experiência para um novo livro, ele era muito dado a experiências do género...

Uma tábua rangeu algures, sob os pés de alguém.

— Pedro?

Silêncio.

— Se pretendes assustar-me, devo dizer-te que não estás a conseguir!...

Silêncio.

— Bom... Talvez estejas mesmo a assustar-me! Acaba com isso... E se se trata de alguma das tuas habituais experiências, já deves ter chegado a um resultado qualquer. Deixa-te de brincadeiras! Mrs. Cameron saiu e deixou-me completamente só. Acaba com isso, por amor de Deus!...

Alguém embateu numa cadeira.

Vera sabia perfeitamente que cadeira era; era aquela que ficava ao cimo da escada, junto da mesa em forma de meia-lua. Que brincadeira estúpida, a do marido!

Mas por que havia, forçosamente, de ser Pedro?... Ele não costumava assustá-la com tanta insistência; de resto, tinha ido a Windsor e Hampton Court preocupado por deixá-la doente. Não era natural...

— Pedro? És tu?... Responde-me, estou a ficar horrorizada! Por amor de Deus, acaba com a brincadeira!...

Silêncio.

Tinha as mãos alagadas em suor; sentia um aperto na garganta e o coração batendo apressada e descontroladamente.

«Não é o Pedro. Não pode ser ele. Ele não me assustaria de este modo... Não, não é ele!»

O telefone. Existia uma tomada no quarto, mas o aparelho encontrava-se lá em baixo, onde Mrs. Cameron tinha atendido uma chamada antes de sair... Contudo, para onde telefonaria, caso o aparelho estivesse ali? Não se encontrava em Lisboa, não se encontrava entre os seus... Ligaria para a Scotland Yard, através do 999. Sabia o número. Diria que sentia passos dentro de casa; pediria socorro...

Seria um pesadelo? Não estaria a fantasiar a realidade, dois ou três insignificantes ruídos, que tinham tomado proporções assustadoras na sua imaginação?

Não se moveu, por alguns segundos; o aperto na garganta, o coração batendo apressado e descontroladamente, e todo o corpo alagado em suor.

Silêncio.

Pareceu-lhe que a porta, já quase completamente aberta, se deslocara alguns centímetros mais...

Não era ilusão: *alguém mexera na porta...*

Só havia uma solução. Olhou para a projecção da janela, para a parede do seu lado direito. *Aquela janela.* Alcançá-la-ia num instante e pediria socorro, para a rua...

Saltou da cama. Vestiu o roupão à pressa, com as mãos excessivamente trémulas, e deu dois passos em direcção à janela.

Não se atreveu a olhar para trás. Segurou no fecho e ia rodá-lo, quando uma mão forte lhe tapou quase todo o rosto. Um grito estrangulou-se-lhe na garganta.

Foi puxada para trás e, ao ficar voltada para a porta do quarto, viu a figura sombria e indistinta de um segundo homem empunhando uma arma.

— É inútil tentar resistir — disse o homem. — O seu marido está nas nossas mãos; se não quer que lhe façamos mal, obedeça-nos e depressa. Vista-se, mas não acenda a luz. — Calou-se por um momento e acrescentou, depois: — Larga-a, Mike, e vira-te para a janela.

Sentiu-se livre e respirou a custo durante alguns segundos.

Era inútil resistir, sabia-o bem. Abriu as portas do roupeiro, ocultou-se atrás de ambas e começou a vestir-se atabalhoadamente, apavorada e confundida ao mesmo tempo. Chegou a admitir que estava a delirar com febre, que o termómetro não funcionava bem...

Foi então que a verdade explodiu no seu cérebro com rapidez e a luminosidade de um relâmpago; todos os pequenos pormenores que observara, relacionados com Pedro, fundiram-se numa assustadora realidade: *o marido envolvera-se naquele caso de Leicester Place; talvez fosse ele o autor da chamada anónima a que os jornais se referiam!*

Estremeceu. Um crime de morte! Eles estavam envolvidos num homicídio, longe da pátria, entre dez milhões de desconhecidos...

Actuando com mil cuidados, os dois homens ladearam-na

e desceram a escada. A casa encontrava-se escura, vazia e fria. Em frente da porta da rua, o homem que lhe falara no quarto avisou-a:

— Entre naturalmente no carro que se encontra aqui em frente. Não tente resistir, para seu bem e para bem do seu marido, Mrs. Castro.

Sabiam o seu nome! O homem tinha-o soletrado propositadamente.

Já dentro do automóvel, a mão daquele que se sentara a seu lado, no banco traseiro, voltou a tapar-lhe todo o rosto. Mas desta vez havia de permeio um algodão ou um simples trapo impregnado de éter, que principiou a gelar-lhe o nariz e a boca e a sufocá-la...

Apreensiva, Mrs. Cameron saiu do hospital, chamou um táxi e deu ao motorista o endereço da sua residência.

Por muito que tivesse insistido, no hospital, disseram-lhe que não fora ali internado nenhum estrangeiro com o nome de Pedro de Castro. Nem, tão-pouco, fora feita qualquer chamada para sua casa pedindo-lhe que se dirigisse imediatamente ao serviço de urgência. Sugeriram-lhe uma brincadeira de mau gosto, mas Katherine Cameron não acreditou nisso. Ninguém, das suas relações, se lembraria de tão inconcebível disparate!...

Quando o táxi parou em frente da entrada, viu os dois empregados da Companhia dos Telefones, que se preparavam para abandonar o local. Abriu apressadamente o vidro da janela e disse, antes de pagar ao motorista:

— Um momento.

Os dois homens voltaram-se para ela.

— Fala connosco? — inquiriu um deles.

— Sim... É só um momento.

Pagou finalmente a bandeirada e saiu do carro.

— Quem procuram? — perguntou aos empregados da Companhia.

— Esta é a residência de Mr. Reginald Cameron?

— Sim. Eu sou Mrs. Cameron. Que desejam?

— Pretendemos verificar o telefone...

— A uma hora destas?!

— Sim, Mrs. Cameron. Há uma avaria grande nesta zona.

— Bateram à porta, mas ninguém lhes atendeu, não foi?

— Exactamente, Mrs. Cameron.

— Há uma pessoa em casa, que está doente. É uma hóspede minha.

Os dois homens entreolharam-se.

— Podem entrar — disse Mrs. Cameron abrindo a porta. — O telefone está na sala... Ali — acrescentou, depois de accionar o interruptor e apontar para a mesa onde se encontrava o aparelho.

Os detectives Morgan e Krasney, da Scotland Yard, aproximaram-se do telefone, enquanto Katherine Cameron chegou à escada e chamou para cima:

— Mrs. Castro! Já cheguei... Como se sente? O seu marido ainda não veio?...

Morgan e Krasney voltaram a trocar olhares entre si. Ambos tinham ouvido pronunciar um nome estrangeiro: *Castro*.

— Mrs. Castro! — tornou a chamar a dona da casa. — Possivelmente, adormeceu — disse ela olhando para os falsos empregados da Companhia. E subiu a escada, em seguida.

— Ouviste? — murmurou Krasney.

— Ouvi. Não há dúvida de que é um nome estrangeiro... Já era altura de termos sorte; andamos nisto há duas horas, nós e os outros!...

— *Não compreendo, meu Deus!* — disse Mrs. Cameron, lá em cima.

— O que será que ela não compreende? — comentou Morgan.

— Não me digas que a doente... morreu! — dramatizou Krasney.

Ouviram os passos da dona da casa e debruçaram-se apressadamente sobre o telefone. Quando levantaram os olhos para a escada, Katherine Cameron segurava-se ao corrimão, pálida, evidenciando profunda preocupação.

— Podemos ser-lhe úteis, Mrs. Cameron? — arriscou Krasney.

— Como?... Não compreendo, francamente, não compreendo...

— O quê, Mrs. Cameron? — insistiu o detective Krasney.

— Essa avaria telefónica de que falaram estará a provocar cruzamento de linhas? — principiou ela, mas acrescentou rapidamente: — Não, não pode ser... Não houve qualquer cruzamento de linhas, quando me telefonaram... Mencionaram o nome dele, Pedro de Castro, e disseram-me que tinha dado entrada no hospital...

Falava mais para si própria do que para os dois, como se estivesse a pensar em voz alta.

— Quem deu entrada no hospital, Mrs. Cameron? — continuou Krasney, explorando discretamente o terreno.

— Ele, o marido dela — apontou para o tecto. — Mas quando cheguei ao hospital garantiram-me que não tinha lá dado entrada nenhum estrangeiro durante o dia e negaram que me tivessem telefonado...

— E a sua hóspede, a que está doente, Mrs. Cameron? — insistiu Krasney.

— Desapareceu, Santo Deus! As portas do roupeiro estão abertas, as roupas encontram-se em desalinho... Não compreendo como é que ela, estando doente... Não...

— Qual é a nacionalidade dos seus hóspedes, Mrs. Cameron?

— O que disse? — Katherine Cameron fitou Krasney, como se não o tivesse ouvido.

— A nacionalidade, qual é a nacionalidade dos seus hóspedes?

— São portugueses... Acho que devo telefonar à Polícia!...

Já Krasney levantara o auscultador para marcar o número da Yard.

— Não se preocupe, Mrs. Cameron — disse ele encostando o auscultador ao ouvido e estendendo-lhe, com a mão livre, o cartão de identidade. — Somos da Polícia e estamos aqui em serviço, Mrs. Cameron. Não conseguimos, infelizmente, encontrar os seus hóspedes, mas sabemos agora quem são eles, quem devemos procurar... se não estivermos numa pista errada. — Calou-se subitamente e olhou para Morgan, que se ausentara da sala e regressava naquele momento. Não pôde evitar um sorriso de triunfo, quando Morgan lhe exibiu, entre os dedos, um maço de cigarros estrangeiros: um maço de *Porto*. — Inspector Friedman — pediu para o bocal. — Fala Krasney, da secção de homicídios...

XV

Tinha seguido o caminho errado. Dominado por uma obsessão doentia, caminhara abertamente para onde não devia; como uma mosca, voara em redor da teia... até cair nas malhas desta, impotente para se libertar.

Na noite anterior, vivera, minuto a minuto, hora a hora, na esperança de conseguir fugir... Mas agora, ao despontar da manhã, já se tinha conformado com as consequências do seu erro... Como estaria Vera? Que decisões teria ela tomado, ao verificar que ele não regressava? Talvez — e era natural que sim — tivesse participado o seu desaparecimento à Polícia ou, até, à Embaixada de Portugal, o que iria dar ao mesmo fim. Era esta a única esperança que alimentava, no momento de desespero que estava a viver...

Contudo, sentia-se calmo, seguro de si, na situação em que se encontrava. Era bem verdade — podia afirmá-lo — que um homem conformado com o seu destino adquire coragem e raciocina friamente. O medo, a desconfiança que nutria por tudo e por todos, abandonara-o definitivamente. Lutara consigo próprio no decurso das vinte e quatro horas de cada dia; procurara afastar uma ideia fixa da sua mente... mas essa ideia fora superior à sua resistência, à resistência que lhe opusera. Sentia-se ligado ao crime — embora indirectamente — e uma força superior à sua aguçara-lhe a curiosidade a ponto de o cegar!

Mas por que razão não correspondera antes aos apelos da Polícia? Estaria, assim, noutras condições e não deixaria, certamente, de satisfazer a curiosidade...

Estivera na presença do assassino de Wanda Haymes, mas

somente lhe observara as mãos, que haviam «dançado» num semicírculo de luz, à sua frente; mãos bem tratadas, de dedos longos e ágeis desprovidos de qualquer anel.

Pensou no estratagema que usara durante o interrogatório da véspera. Talvez eles tivessem mesmo receio de o liquidar, por saberem que era estrangeiro e porque a Polícia já podia ter sido alertada. O facto é que o assassino escondera o rosto na escuridão; se fizessem tenção de o matar não seria necessário ocultar o rosto! Talvez eles estivessem a planear qualquer outra saída, qualquer outra solução menos arriscada...

Um feixe de raios de sol nascente entrava pela estreita janela do quarto. Pedro levantou-se do divã onde dormira, subiu à única cadeira ali existente e espreitou para fora. As grades e os vidro, repletos de poeira e teias de aranha, não lhe permitiam uma visão clara; observava a paisagem através de uma névoa irregular.

Desceu da cadeira e dirigiu-se ao pequeno lavatório a um canto do quarto. Abriu a torneira e banhou o rosto, sentindo a barba arranhar-lhe as mãos. Em seguida, foi buscar o pente à algibeira do casaco e passou-o pelos cabelos, servindo-se, também, de um caco de espelho que se encontrava numa tosca prateleira suspensa da parede, junto ao lavatório.

Ao lado do resto de espelho havia uma lamparina de álcool, um púcaro sujo de café e um copo rachado e cheio de poeira.

Não era difícil deduzir que ali tinha dormido alguém, ou que o quarto ainda era habitado, de vez em quando, por presos como ele ou por tipos do «grupo»...

O caldo e o pão que lhe haviam dado na véspera, à noite, não tinham sido o suficiente para evitar que se sentisse com fome. Esperava que se lembrassem do pequeno-almoço...

Voltou a deitar-se no divã e cruzou as mãos atrás da nuca.

Olhou para o tecto, que era formado pelo soalho do piso superior e pelas vigas que o sustentavam. Nem as tábuas nem as vigas se encontravam em muito bom estado; embora não houvesse buracos, a madeira parecia estar a apodrecer.

Tornou a levantar-se, desta vez para ir buscar um cigarro.

O maço ainda continha seis. Acendeu o isqueiro e o cigarro e voltou a deitar-se no divã.

Eram sete e cinco.

Começou a pensar, mais uma vez, nos filhos — tão longe dali e alheios ao que se estava a desenrolar! — e em Vera, a sua única esperança. Mas era necessário que deixasse de pensar neles; devia preocupar-se apenas com a situação actual em que se encontrava.

Olhou para a porta espessa, que lhe seria impossível arrombar, depois para a janela estreita e gradeada, outro obstáculo intransponível.

O fumo iludiu-lhe a sensação de fome, mas apagou o cigarro meio fumado, porque começava a saber-lhe mal. Ia pisá-lo no soalho, mas arrependeu-se; apagou-o, levantou-se novamente e foi guardá-lo dentro do maço.

Todavia, antes de o fazer, qualquer coisa, no chão e junto do divã, lhe despertou a atenção. Ajoelhou-se e observou algumas manchas arredondadas, nas tábuas do soalho. Tinham sido lavadas, pois apresentavam-se com a cor vermelho-clara, um vermelho muito descorado.

Sangue!

Como as nódoas se achavam junto do divã, admitiu a hipótese de o sangue ter sido perdido por alguém que estivera naquela cama.

Inspeccionou a manta de lã com que se cobrira durante a noite, mas não encontrou qualquer indício idêntico ao do soalho. Por fim, revolveu o colchão de palha e estremeceu; voltou a sentir medo. Os olhos abriram-se-lhe desmesuradamente ao observarem uma enorme mancha de sangue seco, de um vermelho ferroso...

Inesperadamente, ouviu introduzirem a chave na fechadura.

Não encontrou outra solução senão deitar-se sobre a grande nódoa e cobrir-se com a manta.

Segundos depois, um dos homens da véspera entrava no quarto. Trazia-lhe uma chávena de café e um pedaço de pão seco.

— O pequeno-almoço está servido — disse-lhe o homem,

com sarcasmo na voz. — Talvez isto também seja o teu almoço...
Hoje vai haver muito que fazer; os *grandes* ainda não decidiram
da tua sorte. Talvez sejas enforcado, ou metido no cano de esgoto — riu-se. — Mas não te enerves; o teu fim será um fim boni-
to e deporei algumas flores sobre o teu cadáver!

— Mike! — chamou uma voz vinda do corredor.

— Já vou — respondeu Mike, olhando para trás de si por
cima do ombro. — Vê lá se incomodas o nosso hóspede!

Mike pousou a chávena e o pão sobre a mesa que se encontrava a meio do quarto e retirou do coldre uma .45, que segurou
pelo cano. Deu dois passos em direcção ao divã, ergueu o braço
e ia desferir o golpe, quando outro tipo, que Pedro ainda não
tinha visto, entrou no quarto.

— Deixa-o! — disse o recém-chegado. — Tens tempo de te
entreter com o gajo. O patrão espera-nos, agora; o carro dele
tem uma avaria qualquer no motor. O tipo precisa que o vamos
ajudar. Não há cá mais ninguém para o fazer...

— *Okay* — disse Mike, baixando o braço vagarosamente e
guardando a arma. — Podia ter aberto a cabeça a este gajo e
acabaria com as preocupações do patrão!... Sabes que não gosto
que me interrompam...

— Vamos. Para a próxima vez não te interrompo — disse o
outro, puxando Mike pelo ombro.

A porta foi fechada com força.

Pedro respirou fundo. Mais uma vez, sentia as mãos e o
corpo suados. Saltou da cama, voltou o colchão ao contrário e
aproximou-se da mesa, onde Mike colocara a chávena de café e
o pão.

O café estava frio, mas havia aquela lamparina e o púcaro...

Nesse momento, ouviu o ruído do motor de um carro; era
um ruído crescente e decrescente, crescente e decrescente.
Deviam estar a tentar reparar a avaria.

Dirigiu-se à prateleira colocada sobre o lavatório e agitou a
lamparina: devia estar quase cheia de álcool.

Lavou o púcaro e verteu dentro o café que o outro trouxe-
ra. Acendeu o isqueiro e a lamparina e, enquanto o café aque-
cia, engoliu o pedaço de pão num abrir e fechar de olhos.

Lá fora, o ruído do motor continuava a fazer-se ouvir, crescendo e decrescendo.

Foi então que a ideia lhe surgiu. Ficou parado, a meio do quarto, olhando ora para o tecto ora para a lamparina.

«Madeira velha arde depressa», pensou.

Correu em direcção à lamparina e apagou-a.

As mãos tremiam-lhe, quando trouxe a lamparina apagada para junto da janela.

O ruído do motor continuava a fazer-se ouvir. Perscrutou através dos vidros poeirentos, mas não viu nem o carro nem os homens; contudo, o ruído persistia.

Ainda ouvia a voz do homem que viera chamar Mike: «... o tipo precisa que o vamos ajudar. Não há mais ninguém para o fazer.» Por conseguinte, encontrava-se sozinho na casa, naquele momento.

Arrastou a mesa para debaixo de uma das vigas de madeira que sustentava o soalho do piso superior, subiu para cima da mesa e desatarrachou a tampa do depósito da lamparina.

Apalpou algumas tábuas, junto a uma das vigas: tratava-se, de facto, de madeira velha e bem seca, apodrecida nalguns pontos.

Lembrou-se, então, das chaves de casa, que o poderiam auxiliar. Tornou a descer da mesa e rebuscou as algibeiras do casaco, dependurado nas costas da cadeira. Depois, inspeccionou os bolsos das calças.

Intrigado, verificou que lhe tinham desaparecido as chaves. Teria sido durante o interrogatório feito pelo assassino? Não tinha, porém, tempo a perder, tempo para pensar no assunto...

O caco de espelho. Sim, isso servia-lhe, embora não fosse sólido como as chaves.

O ruído do motor interrompeu-se...

Ficou imóvel, já novamente sobre a mesa, à escuta. Todos os seus músculos e nervos estavam tensos, e pequenas gotas de suor brilhavam-lhe na fronte.

Mas o milagre deu-se; outra vez o barulho do motor, crescendo e decrescendo.

Introduziu o caco de espelho na junta de duas tábuas e principiou a raspar de um lado para o outro.

Ao fim de alguns minutos, conseguiu cortar uma fina farpa de madeira. Sacudiu então a lamparina destapada, de modo a que a madeira embebesse o álcool, tanto quanto possível. Teve, no entanto, o cuidado de não esvaziar totalmente o depósito da lamparina e acendeu a torcida desta, utilizando o isqueiro.

Uns segundos mais tarde, dirigia a chama para o local impregnado de álcool e escutava, simultaneamente, o motor do carro, que os homens procuravam reparar.

Pouco depois, um pedaço de soalho, junto a uma viga, crepitava; o fogo ateara. As veias das suas mãos estavam salientes e sentia no rosto o bafo quente das chamas.

Apagou a lamparina, saltou para o chão e foi buscar a manta que, depois, colocou sobre a mesa.

Com os nervos num feixe, aguardou o tempo necessário para que uns tantos centímetros quadrados ardessem sem, no entanto, deixar de prestar atenção aos ruídos provenientes do exterior.

Parecia-lhe que os segundos se arrastavam, indolentes, no seu relógio; *um, dois, três... dezoito, dezanove, vinte...*

Dobrou a manta ao meio e voltou a subir para a mesa.

Um minuto e dez, e onze, e doze...

Murmurou uma prece; toda a sua sorte dependia de Deus.

Três minutos e quarenta e quatro segundos, e quarenta e cinco, e quarenta e seis...

Abriu os braços, segurando, pelas duas extremidades, a manta dobrada.

O ruído do motor.

Quatro minutos e trinta segundos, e trinta e um, e trinta e dois...

Os olhos e a garganta ardiam-lhe. Tossiu e julgou que o tinham ouvido num raio de muitos metros.

Cinco minutos e cinquenta segundos... Seis minutos e dez segundos, e onze, e doze...

Lançou a manta sobre o fogo, vezes seguidas, até o apagar. Uma grande nuvem de fumo envolveu-o.

Continuou a exercer força para cima, de encontro às tábuas queimadas, e ouviu os primeiros sinais de madeira a ceder.

Dez minutos e quarenta e cinco segundos...

Uma das tábuas partiu-se, mas era necessário que acontecesse o mesmo às imediatamente a seguir. Com os olhos fechados e a respiração dificultada pelo fumo, aplicou toda a força dos seus braços contra essa tábua. Uma luta de vida ou de morte...

Quando já não achava possível atingir o seu objectivo, ouviu estalar. Era preciso um pouco mais de esforço, somente um pouco mais!...

Cerca de meia hora depois tinha conseguido uma abertura suficiente para passar ao piso superior. Saltou da mesa, pegou no casaco... mas lembrou-se da grande mancha de sangue existente no colchão.

Hesitou, mas um pressentimento fê-lo levantar o colchão e, com o auxílio do resto de espelho, rasgou o tecido e meteu no bolso o pedaço que continha a mancha.

Voltou a subir para a mesa, passou o casaco para o piso de cima, tomou balanço e ergueu-se em peso nos braços. A primeira tentativa falhou...

Ia efectuar a segunda tentativa, quando viu a solução a dois passos de distância: a cadeira.

Colocou-a sobre a mesa e, finalmente, entrou na antecâmara da liberdade...

A dependência onde entrara teria, sensivelmente, o dobro da largura do quarto da cave, e parecia, a um só tempo, escritório, pequena oficina de marceneiro e dormitório para duas pessoas. Continha dois divãs, dois *maples* sebentos, uma banca com ferramentas diversas e uma pequena secretária onde se encontravam uma máquina de escrever de modelo antiquado e um telefone...

Sobre uma mesa redonda, de pé-de-galo, estavam latas de conserva e de cerveja vazias, copos, pratos e um monte de jornais.

Pedro aproximou-se do telefone, leu o número no disco marcador e apontou-o à pressa no bloco de notas.

E se ligasse para a Scotland Yard? Continuava a ouvir o ruído do motor, lá fora...

Lançou mão do auscultador, mas suspendeu o gesto a meio caminho; o rumor de passos, aproximando-se, chegou até ele... Os seus olhos pousaram imediatamente na banca de ferramentas, na chave inglesa.

Em duas passadas, alcançou a banca e empunhou a chave pelo cabo. Depois, colou-se à parede, junto da entrada da dependência, e ergueu o braço acima da cabeça.

A porta foi aberta de rompante e Mike apareceu-lhe na frente. A surpresa estampou-se-lhe no rosto; abriu excessivamente os olhos e a boca e levou a mão ao coldre. Mas Pedro foi mais rápido e soube explorar a sua vantagem sobre a momentânea desorientação do outro: atingiu-lhe o crânio com dois golpes seguidos.

Mike vergou as pernas, conseguiu dar ainda um passo incerto e caiu para a frente, completamente desamparado.

Pedro debruçou-se sobre o corpo de Mike, voltou-o para si e tirou-lhe a .45 do coldre. Olhou uma vez mais para o telefone, mas teve medo de o usar; poderia ligar para a Polícia quando saísse dali...

Deixou o quarto, atravessou um corredor idêntico ao da cave e desceu a escada que conduzia a um pequeno *hall* e à porta da rua. A arma que empunhava fazia-o sentir-se confiante pela primeira vez.

Abriu a porta, cuidadosamente, e procurou orientar-se... mas teve de recolher-se acto contínuo e tornou a fechar a porta.

Pelo ralo, observou a cena que se desenrolava três ou quatro dezenas de metros à sua frente: via um *Rover* preto e o homem que acompanhara Mike estava debruçado sobre o motor aberto. De instante a instante, o tipo falava para dentro do carro, onde outra personagem se devia encontrar ao volante.

«O assassino», pensou Pedro... Poderia sair, alvejar o homem que procurava reparar o motor e, depois, tentaria atingir o outro. Mas podia não ser bem sucedido... e isso significaria, de certeza, o seu fim! Era preferível evitar complicações, fugir e entregar o caso à Polícia; era isso *exactamente* o que devia fazer. Através do número do telefone localizariam facilmente a casa...

Percorreu o interior da moradia, na direcção oposta à da entrada principal. Um momento depois encontrava a cozinha e a saída das traseiras.

Cá fora, observou o edifício, que se compunha de cave, rés--do-chão e primeiro andar e que fora erguido no meio de vastas extensões de relva e arvoredo.

À sua frente, sem obstáculos de permeio, encontrava-se, não muito distante, uma mata, e aparentemente, a liberdade. Guardou a arma na algibeira e começou a correr nessa direcção.

Já longe, ainda ouviu perder-se no ar o ruído do motor do *Rover*...

XVI

— Foi um bom palpite, *sir*! — disse Brackett, quando entrou no gabinete de Friedman com um relatório. Baixou os olhos para as folhas dactilografadas e leu: — Pedro de Castro, escritor, casado com Vera de Castro, ambos portugueses, residentes em Lisboa. Um metro e setenta e oito e um metro e sessenta e um, respectivamente, ambos com o cabelo preto e ambos de cor branca. Entraram em Inglaterra, em visita turística, há quatro dias.

«Permita-me que lhe apresente as minhas felicitações, *sir*.

Friedman acendeu um cigarro, pensativo, e esboçou um sorriso.

— Depois de um problema, outro problema, Brackett — disse numa voz cansada. — *To be or not to be, that is the question...* Se não revelarmos a nossa descoberta, poderemos conseguir um bom par de trunfos a nosso favor... mas o casal português correrá, consequentemente, maior perigo: *um assassino desfaz-se mais facilmente de uma vítima não identificada.* Se revelarmos a identidade de ambos, é provável que não consigamos qualquer trunfo, mas, automaticamente, protegeremos a vida dos dois: *o assassino pensará muitas vezes antes de os executar.*

— Parece-me que só existe uma solução, *sir*...

— Também me parece... Contudo, vou actuar, em princípio, contra o que humanamente devia fazer, Brackett! Vou manter secreto o que descobrimos, durante o tempo que nos for possível. — Teve um sorriso enigmático, levantou o auscultador e pediu linha. Quando sentiu o sinal característico que lhe permitia fazer a ligação, marcou o número de Katherine Cameron.

— Fala Mrs. Cameron — anunciou a voz, do outro lado da linha.

— Inspector Friedman, Mrs. Cameron... Confiamos em absoluto na sua discrição, Mrs. Cameron. Ninguém deve suspeitar do que se passou aí, quero dizer, *ninguém deve suspeitar da verdade*...

— Dei-lhe a minha palavra, inspector!

— Na qual acredito piamente. — Fez uma pausa, para apagar o cigarro, e prosseguiu: — Somos forçados a publicar uma notícia falsa, Mrs. Cameron, porque é necessário que o autor do rapto dos seus hóspedes não suspeite de que os identificámos e que os relacionamos com o caso de Wanda Haymes.

— Farei o que pretende, inspector... Mas sinto-me pesarosa pelo que aconteceu; o casal português é muito simpático...

— Compreendo-a perfeitamente, Mrs. Cameron, mas pode crer que a nossa missão é defender os inocentes e combater os culpados. Estamos a procurar a todo o custo salvar os seus hóspedes e descobrir a verdade sobre a morte de Wanda Haymes.

— Conte comigo, então.

— Não falou ainda com nenhum dos seus vizinhos?

— Não.

— E o seu marido?

— Regressou a casa às quatro da madrugada e está ainda a dormir. Nada sabe, portanto, do que aconteceu.

— Óptimo, Mrs. Cameron — comentou Friedman. — Vou pedir a um repórter meu amigo que a vá visitar; ele dar-lhe-á as indicações necessárias...

— Um repórter?!

— Sim. Para redigir a reportagem que planeei, Mrs. Cameron.

— Está bem; conte comigo — repetiu Katherine Cameron.

— Muito obrigado.

Friedman desligou, tornou a levantar o auscultador e ligou para o *Evening*.

— Mr. Burton — pediu à telefonista.

Uns segundo depois, Samuel Burton atendia:

— Até que enfim que se lembrou de mim, Friedman!

— Tenho uma missão delicada para si, Sam. Pode dar aqui um salto?

— Estarei consigo dentro de dez minutos. Serve?

— Cá o espero.

Quando Friedman desligou, Brackett colocou-lhe outro relatório sobre a secretária.

— Foi comprovado o álibi de Emma Stewart e dos colegas com quem ela estava a estudar. Estiveram reunidos das vinte e uma horas até cerca da uma da madrugada... Mas houve qualquer coisa, em tempos, entre Miss Stewart e John Gilbert...

— Que género de coisa, Brackett?

— Creio que um *flirt*, *sir*. Um princípio de namoro, que terminou bruscamente, quando Gilbert e Wanda Haymes se apaixonaram.

— Uma justificação aceitável para certas reacções de Emma Stewart — disse Friedman. — Apesar do álibi apresentado, quero-a vigiada até nova ordem, Brackett. Mande um homem segui-la.

— É a segunda vez que os senhores o deixam escapar! — disse Christopher Haymes, quando Friedman e Brackett o visitaram ao começo da tarde.

— Estamos apenas no quarto dia depois do crime, Mr. Haymes — lembrou o inspector. — Ainda não descobrimos a ponta do fio da meada, é certo, mas não me parece que seja caso para desesperar. — Fez uma pequena pausa, como que para provocar a expectativa no espírito de Haymes, e acrescentou: — Devo confidenciar-lhe que já identificámos o suposto chantagista, Mr. Haymes...

Haymes agitou a bengala na direcção do inspector, tal como o mestre censurando o discípulo.

— Por que razão não mo disse já? Os jornais não mencionam o facto!

— Nem hão-de mencionar enquanto não os autorizarmos a que o façam, Mr. Haymes.

— Não o compreendo — confessou Haymes. — Têm o homem nas mãos e...

— *Não* temos o homem nas mãos — rectificou Friedman prontamente. — Recorda-se das hipóteses que discutimos há dois dias?

— Creio que sim.

— Muito bem. O nosso chantagista, neste caso, podia ter pretendido operar simultaneamente contra duas vítimas: contra o assassino e contra o senhor. Por outras palavras, para lhe ir extorquindo algumas quantias fornecer-lhe-ia a descrição do assassino, olho por olho, dente por dente, digamos assim. Mas, com o próprio assassino, faria outro género de jogo: dir-lhe-ia, por exemplo, que o silêncio se paga bem caro... Portanto, de acordo com esta hipótese, o chantagista estava entre dois fogos: nós e o assassino; dois gatos atrás de um rato, Mr. Haymes! Sucede, porém, que foi o outro gato que o caçou primeiro...

— Como?! Quer dizer-me que deixaram cair o homem nas garras do criminoso, Inspector Friedman?!

— Não quero dizer-lhe; já lho disse, Mr. Haymes.

— A Scotland Yard não é o que rezam os romances policiais e o cinema. Não é o que toda a gente julga! Desculpe que lho diga...

— Sempre tive paciência para escutar os desabafos do próximo — disse Friedman, de modo incisivo. — Quem é o homem?

— Um português chamado Pedro de Castro — esclareceu Friedman. — Mas esta informação é confidencial.

— Não me parece que seja necessário avisar-me. Estou aqui isolado há dias, sem contactos com o exterior, e o meu único objectivo é contribuir para que se descubra e castigue o assassino de Wanda. Não tenho o mínimo interesse em prejudicar o vosso trabalho.

Friedman aceitou a cigarrilha que Haymes lhe ofereceu, acendeu-a e declarou entre uma nuvem de fumo:

— O caso está demasiado confuso, Mr. Haymes. Não sabemos ainda qual foi o móbil do crime; não encontrámos John Gilbert até agora; os álibis apresentados pelos colegas de Miss Haymes foram comprovados... Deposita confiança absoluta no seu pessoal?

Uma expressão de espanto estampou-se no rosto de Christopher Haymes quando ele principiou:

— Admite?...

— Temos que admitir muita coisa, por vezes até o mais inconcebível!...

— Quer referir-se, com o inconcebível, à minha pessoa, Inspector Friedman?

O inspector sentiu-se embaraçado ante o olhar fuzilante de Haymes.

— Não tenho um álibi para vos apresentar, é verdade...

— Engana-se — atalhou Friedman. — É a minha vez de lhe pedir desculpa pelo que lhe vou dizer. O senhor foi visto a entrar no Banco pouco depois das 20.30 e saiu de lá cerca da meia-noite. Quem o testemunha é o polícia de serviço na área, que o conhece, Mr. Haymes. Aliás, não foi a primeira vez que este guarda o viu, mais ou menos às mesmas horas.

— Sim, não foi a primeira vez que fiz serão de livre vontade — concordou Haymes. — Quem não está sujeito a um horário, trabalha a qualquer hora do dia ou da noite... Devo estar reconhecido a esse guarda, então... O que pretende do meu pessoal, Inspector Friedman?

— Interrogá-lo, apenas.

— Jenkins e o meu motorista adoravam Wanda, bem como todos os restantes... Acha necessário interrogá-los?

— Lamento dizê-lo, mas acho. E acho, porque não enveredámos ainda por uma pista segura. A sua secretária...

— Não deve tardar... Quem deseja interrogar primeiro?

— Qualquer deles.

Haymes premiu, com a própria bengala, o botão da campainha situado na parede por detrás da secretária.

— Nesse caso, chamarei Jenkins primeiro — disse ele.

De rosto enrugado e cabelos totalmente brancos, Jenkins possuía uma expressão bondosa e agradável. Tinha os olhos de um azul-pálido, encimados por sobrancelhas espessas e grisalhas.

— Há quanto tempo serve nesta casa, Jenkins? — interrogou Friedman.

O mordomo preambulou a resposta com um sorriso significativo e apontou os cabelos brancos:

— Há muitos anos *sir*. Mr. Haymes tinha somente quinze anos quando vim para aqui servir os seus pais. Desde essa data que me conservo ao serviço da família.

— Segundo nos conta, Jenkins, você estimava muito Miss Haymes...

— Como se fosse filha de sangue de Mr. Haymes, *sir*! A menina veio para Inglaterra e para esta casa com cinco anos apenas, um ano depois de terminada a guerra. Aqui se criou, no meio de carinhos... Todos nós a estimávamos muito, *sir* — a voz embargou-se-lhe.

— Miss Haymes era alegre por natureza, a seu ver, Jenkins?

— Imensamente, *sir*! Esta casa tinha outra alegria quando... quando a menina...

— Compreendo — atalhou Friedman prontamente. — E acha que Miss Haymes manteve a sua natural jovialidade até ao dia em que foi assassinada?

— Desculpe, *sir*. Creio não o ter entendido perfeitamente...

— Pergunto-lhe se Miss Haymes se manteve sempre alegre, *mesmo* no dia da sua morte, ou nessa data e nos dias que a antecederam? Quero dizer...

— Compreendo a que se quer referir, *sir*. Não notei, com franqueza, qualquer alteração na habitual disposição de Miss Haymes.

— Segundo o que apurámos, Miss Haymes saiu de casa de manhã cedo, no dia em que morreu. Acha que não estamos enganados?

— Acho que não, *sir*. A menina saiu para as aulas pelas 9.30, aproximadamente. E não voltou mais a casa depois de essa hora.

— Conhece Mr. Gilbert, Jenkins?

— Conheço, *sir*. Tenho uma óptima impressão da sua pessoa. Acho que ambos, Miss Haymes e Mr. Gilbert, fariam um casal feliz.

— Se lhe disséssemos que Mr. Gilbert tinha assassinado Miss Haymes, acreditar-nos-ia?

Jenkins respondeu sem hesitar um segundo:

— Tudo é possível neste mundo... mas dificilmente acreditaria no que acaba de me dizer, *sir*.

A um sinal de Friedman, Brackett estendeu ao mordomo o bloco de notas e Jenkins leu os nomes que ali estavam apontados.

— Conhece esses colegas de Miss Haymes, Jenkins? — continuou o inspector.

— Todos, *sir*.

— Costumavam visitar Miss Haymes para estudarem juntos aqui em casa?

— Algumas vezes, *sir*, mas poucas, aliás. Miss Haymes reunia-se com os colegas em casa de cada um deles, habitualmente.

— Não sabe por que motivo?

— Mais ou menos, *sir*.

A campainha do telefone tocou e Jenkins interrompeu-se. Haymes atendeu. Por um momento, ouviu o que lhe diziam e, depois, olhou para Friedman.

— É para si — disse, e estendeu-lhe o auscultador.

Não teria sido possível a nenhum dos presentes adivinhar — ou simplesmente calcular — aquilo que Friedman escutava, em face da sua expressão impassível.

Decorridos alguns minutos, durante os quais ele se limitou a dizer «Sim», «Estou a ouvir» e «Compreendo», Friedman desligou o aparelho e voltou a dedicar a sua atenção ao mordomo.

— Continue, Jenkins, por favor.

— Miss Haymes achava-se na obrigação de procurar os

colegas, dado que estes residem mais perto uns dos outros, em Londres, do que ela em relação a qualquer deles, *sir*. Creio que era este o motivo principal.

Friedman moveu a cabeça num sinal de compreensão e esmagou a cigarrilha antes de prosseguir:

— Sabe que se admite a hipótese de o assassino de Miss Haymes ser um canhoto ou uma pessoa com a mão direita inutilizada?

— Não sabia, *sir* — respondeu o mordomo, aparentemente intrigado.

— Conhece, por mero acaso, algum canhoto entre as pessoas com quem Miss Haymes se relacionava?

— Não, *sir*. Que me lembre, pelo menos...

— Respondeu-me, há pouco, que, se lhe disséssemos que Mr. Gilbert tinha assassinado Miss Haymes, não nos acreditaria, embora admita que tudo é possível neste mundo. Não foi isto o que declarou, Jenkins?

— Exactamente, *sir*...

— É curioso, Jenkins. Posso assegurar-lhe que, quando lhe pus a questão, estava muito longe de poder fazer a seguinte comunicação: *John Gilbert acaba de ser encontrado morto, atingido por uma rajada de metralhadora, num esgoto de Londres*. Foi descoberto pelo pessoal que tem a seu cargo a desagradável tarefa de fiscalização e limpeza da rede de esgotos da cidade! Além dos ferimentos que lhe causaram a morte, Mr. Gilbert ostenta uma ligadura ensanguentada na *mão direita*, a encobrir um golpe profundo provavelmente feito com um bisturi — concluiu Friedman.

A notícia explodiu como uma bomba. Apesar da indiferença adquirida profissionalmente, o sargento Brackett não conseguiu esconder a emoção sentida; a esferográfica caiu-lhe aos pés enquanto pousava em Friedman um olhar de visível espanto.

Christopher Haymes ergueu-se subitamente e os nós dos dedos embranqueceram-lhe, quando apertou com excessiva firmeza o cabo da bengala. Com a mão livre, e com evidente nervosismo, retirou do bolso interior direito do casaco a cigarreira e acendeu um cigarro.

— Isto é de mais! — comentou, pálido e com a voz alterada.

— Inacreditável! — disse Jenkins abandonando os braços aos lados do corpo, numa atitude de impotência.

A porta foi aberta bruscamente e uma rapariga loira e bem proporcionada entrou no escritório, sorridente, mas estacou acto contínuo. Abrangeu todos com um rápido olhar e disse:

— Desculpe, Mr. Haymes. Não sabia que estava acompanhado... — e fez menção de se retirar.

— Espere, Jean — proferiu Haymes num tom de voz monótono. — Você é precisa aqui. — E, voltando-se para Friedman: — Jean Hunter, a minha secretária.

A rapariga pousou em Haymes um olhar inquiridor.

— O inspector Andrew Friedman, da Scotland Yard, deseja interrogá-la, Jean — esclareceu Haymes.

Friedman pôde apreciar um pouco melhor a rapariga, assim que ela se sentou no sofá, na sua frente. Além de ser atraente e bem proporcionada, Jean Hunter mostrava um agradável à-vontade... até porque a saia lhe subiu uns bons centímetros acima dos joelhos e não se indignou com o facto de surpreender Friedman a admirar-lhe, com um olhar natural, as pernas.

— Pode retirar-se, Jenkins — permitiu o inspector mudando o olhar de Jean para o mordomo.

Com uma reverência pouco vulgar nos nossos dias, este último retirou-se.

— Não há muito tempo, afirmei aqui, Miss Hunter, que ainda não enveredámos por uma boa pista — principiou Friedman. — Um telefonema que acabo de receber pode, no entanto, modificar o rumo dos acontecimentos... Contudo, ainda não possuo dados suficientes que me permitam afirmá-lo. — Fez uma pausa e olhou significativamente para Brackett, que fechou o bloco de notas e se pôs de pé. — Como Mr. Haymes afirmou, tenho o maior interesse em solicitar a sua colaboração no caso, mas vejo-me obrigado a deixar para mais tarde o interrogatório; participaram-me que John Gilbert foi encontrado, mas *morto*, Miss Hunter.

As unhas da rapariga fincaram-se no braço do sofá.

— Morto?!

— Sim, Jean — interveio Haymes. — Creio que... creio que Wanda tomou excessivas liberdades durante a longa ausência que fazia de casa durante o dia. Não se mata uma pessoa por um motivo fútil... e muito menos se matam duas pessoas!...

— Voltarei aqui logo que me seja possível — participou Friedman. — Espero encontrá-la, Miss Hunter...?

— O serviço em atraso obriga-me a fazer serão — disse Jean. — Conto trabalhar aqui até às dez horas, aproximadamente, inspector.

Friedman sorriu-lhe e voltou-se para Christopher Haymes:

— Ouvirei o restante pessoal mais tarde, então.

Com um aceno de cabeça, abandonou o escritório, seguido de Brackett e deixando Jean Hunter com ar meditativo.

Atravessaram o frio e lúgubre átrio da casa e saíram para o sol em declínio de uma tarde de amena temperatura.

De costas para os dois, e a curta distância, aquele que era certamente o motorista de Haymes estava curvado sobre o *capot* do *Bentley*, que usava como base para tomar notas num livrete.

De regresso a Londres, e só decorridos os primeiros quilómetros, Friedman voltou a falar:

— A sua atenção não foi chamada para um determinado pormenor, Brackett?

— Quando, *sir*?

— Quando saímos da residência de Haymes?...

— Confesso que não, *sir*.

Friedman exibiu-lhe um largo sorriso.

— É estranho, Brackett. É estranho que você tenha tido há dias uma ideia luminosa, no *Aracena*, e que não tenha notado, há minutos apenas, um facto tão flagrante! Estranho... mas humano, a um só tempo — acrescentou apressando-se a des-culpar o seu subordinado. — Falaremos nisto mais tarde.

Recostou-se no banco, acendeu um cigarro e dedicou toda a atenção à paisagem calma e tonificante do cair da noite.

XVII

Vera sobressaltou-se quando sentiu no ar o forte cheiro a fumo. Apurou o ouvido e pareceu-lhe sentir o crepitar de madeira. O som provinha de longe, ou era demasiado fraco por constituir, talvez, o princípio de um incêndio. Mas aquele maldito ruído de motor, contínuo, crescendo e decrescendo, não lhe permitia uma audição perfeita!

Levantou-se do divã, aproximou-se da entrada do quarto e colou o ouvido à porta...

Seria quase capaz de jurar que alguma coisa ardia, na casa.

Aspirou o ar profundamente e verificou que não estava, realmente, enganada: cheirava a fumo!

Desesperada, sacudiu a porta e agitou o fecho desta com nervosismo: para um lado e para o outro, para um lado e para o outro... *em vão*. Aquela porta nunca cederia aos seus esforços!

Os olhos encheram-se-lhe de lágrimas e, a custo, conteve um grito. Passara a noite em claro, pensando constantemente nos filhos e no marido. Os seus nervos já não suportariam muito mais, estavam a atingir o limiar da sua resistência, o limite do que lhe era possível aguentar... Mas o mesmo pensamento, os filhos e o marido, constituía um incentivo, também; por eles, devia dominar-se, suportar tanto quanto possível o que lhe estivesse reservado, sem perder a fé e a esperança...

Voltou a colar o ouvido à porta; a casa estava agora mergulhada num silêncio sepulcral. Não, já não ouvia o crepitar da madeira...

De súbito, outro género de ruído despertou-lhe a atenção.

161

A primeira ideia que lhe ocorreu, a imagem que idealizou de acordo com o que escutava, era um quadro do qual faziam parte os homens que a tinham raptado; qualquer deles segurava tábuas, com os punhos fortes, e partiam-nas abatendo-as sobre os joelhos erguidos.

A temperatura não justificava aquela operação com o fim de queimar lenha para aquecimento; talvez estivessem a destruir quaisquer documentos ou coisa semelhante...

Sentiu a artéria temporal latejar-lhe, num ritmo acelerado e desigual, mas continuou atenta, o rosto pálido e desfigurado pelo medo, pregado à porta.

Houve então, e de novo, prolongado período de silêncio.

Um minuto... dois... três...

Até que aqueles passos pesados, vindos do rés-do-chão, a fizeram estremecer e afastar-se bruscamente da entrada.

Parou a meio do quarto. Os passos aumentaram, à medida que se aproximavam, mas morreram logo a seguir... Uma porta foi aberta e fechada. Depois, Vera escutou um som característico, como o da queda de um corpo, e o chão estremeceu a seus pés.

Novamente, a mesma porta foi aberta e fechada e Vera tornou a sentir passos, aumentando à medida que se aproximavam, mas perdendo-se depois, desta vez na escada. Diria que eram os passos de outra pessoa, não os de quem percorrera o corredor momentos antes e no sentido oposto...

Uma vez mais, um interregno, como se fosse um entreacto.

E, na verdade, um outro acto teve início; este, lá fora, quase por debaixo da janela do quarto onde a haviam fechado.

Correu para junto das vidraças, de onde tinham extraído o fecho (não sabia o porquê daquela desnecessária precaução: nunca se arriscaria a saltar de uma altura de pelo menos seis metros!) e procurou observar o que se desenrolava lá fora...

Foi como se o coração lhe tivesse parado subitamente e o sangue lhe gelasse nas veias. Susteve um grito, comprimindo a mão de encontro aos lábios, mas esse mesmo grito repercutiu-

-se-lhe no cérebro vezes sem conta e actuou em todo o seu corpo.

— Pedro!

Descalçou um sapato, ergueu o braço e quebrou os vidros... Mas Pedro já ia longe, muito longe para a ouvir!

Então os nervos atingiram o limiar da sua resistência. Deixou-se cair no divã e começou a soluçar desesperadamente, como louca...

...A soluçar desesperadamente, como louca. Nem ouviu a chave na fechadura, nem viu Mike entrar no quarto. Quando pressentiu a sua presença, olhou-o aterrorizada. Um veio de sangue escorria da cabeça de Mike, por entre os seus olhos irados.

— Estúpidos! — grunhiu Mike. — Ele acaba de assinar a sentença de morte; a dele e a tua! Porcos imundos!

Vera viu-lhe a chave inglesa na mão, enquanto ele avançava, passo a passo, lentamente, espumando ódio.

E nessa altura Vera gritou. Gritou até ficar exausta, até rolar sobre si própria e sentir a cabeça embater no sobrado. Até perder a consciência...

Estava certo de ter percorrido dez a quinze quilómetros, sempre sem perder de vista a estrada, quando parou e resolveu descansar à sombra de uma árvore frondosa.

Passou a mão pelo rosto suado e sentiu a barba crescida. Depois, tirou o pente da algibeira e procurou pentear-se o melhor que pôde; toda a gente repara num indivíduo despenteado e por barbear.

Mas Pedro sentia-se optimista. O medo que sentira durante três dias cedera lugar a uma sensação de curiosidade *quase* satisfeita. Estava decidido a dirigir-se à Polícia, mas antes de o fazer queria telefonar para casa a fim de sossegar Vera. Por sinal, até lhe interessava saber se ela tinha participado o seu desaparecimento. Vera tê-lo-ia feito, na realidade? O seu retrato viria nos jornais da manhã? Não teria sido difícil consegui-lo, uma vez que ela possuía uma fotografia sua, juntamente com as dos filhos...

Reacendeu o cigarro que tinha principiado a fumar na casa do assassino — na que ele julgava ser a casa do assassino. Quando retirou o maço da algibeira, sentiu o contacto confortante da arma de Mike. A sua fuga fora um milagre, até pelo processo usado para o conseguir!

Tragou a última fumaça longamente e atirou o cigarro fora. Tinha necessidade de se localizar. Ergueu-se e olhou em torno de si. Foi então que viu uma mansão edificada no meio de um parque, o que lhe recordou algo que lera em propaganda turística... naquele folheto que devia ainda trazer consigo.

Meteu a mão na algibeira e encontrou o livro, que folheou avidamente. Na secção «Arredores de Londres» leu:

Syon House Bantford está tão perto de Londres que se pode dizer que fica na sua extremidade ocidental. É dominada por Syon House, a antiga residência do Duque de Northumberland...
...A mansão ergue-se no meio de um parque famoso pela sua rica variedade de arbustos e árvores...

A seguir ao texto, indicavam-se os meios de transporte para Syon House. Por conseguinte, os autocarros 704 e 705, da *Green Line*, levá-lo-iam a Hyde Park Corner, de onde tinha partido na véspera com destino a Windsor e Hampton Court.

Dez minutos mais tarde, encontrava-se na paragem de autocarros, ocupando o último lugar de uma fila na sua maior parte formada por turistas.

Pedro desceu do autocarro em Hyde Park Corner e dirigiu-se directamente para a estação de metropolitano.

Entrou numa cabina telefónica e marcou o número de casa: SLOane 4106. Do outro lado da linha, a campainha começou a tocar. Pareceu-lhe que tinham decorrido horas até ouvir a voz de Mrs. Cameron:

— Está?

— Mrs. Cameron?

— Sim, sou eu. Quem fala?

— Pedro de Castro.

— Quem?!

Havia um tom de admiração na voz dela.

— Fala Castro, Mrs. Cameron.

— Sim... Estou a ouvi-lo... Onde se encontra o senhor?

— São e salvo, Mrs. Cameron... Quero falar com a minha mulher.

Inesperado silêncio.

— Mrs. Cameron?

— Estou, sim.

— Ouviu o que eu disse?

— Ouvi, Mr. Castro, mas...

Novo silêncio.

— O que se passa?... A minha mulher piorou?

— Não, não é isso... Meu Deus, não sei o que lhe hei-de dizer!

— Não sabe o quê, Mrs. Cameron?! — A voz alterou-se-lhe e ele voltou a sentir as mãos humedecerem. — Vou imediatamente para aí...

— Não faça isso!... Oiça-me...

Mas Pedro afastara já o auscultador do ouvido e pendurara-o no gancho.

Saiu da cabina e desceu a escada rolante, a caminho da linha onde devia tomar o comboio para South Kensington.

Em South Kensington fez correspondência para Sloane Square metendo-se num comboio da *District Line*.

Pedro afastou a dona da casa para o lado, não lhe deu ouvidos e galgou os degraus até ao primeiro andar.

Entrou no quarto e viu-o vazio. Voltou ao corredor, desceu a escada e ainda não tinha atingido a sala quando a campainha do telefone começou a tocar.

— Onde está a minha mulher? — perguntou, desorientado, a Katherine Cameron.

A campainha do telefone continuava a tocar.

Pedro avançou na direcção da dona da casa e agarrou-a por um braço.

— Onde está Vera?

— Largue-me! — gritou ela. — Atenda o telefone... É possível que o esclareçam. É a quarta vez que ligam para cá; têm-no feito de meia em meia hora!

Pedro olhou para o aparelho e, depois, novamente para Mrs. Cameron, que se mantinha impassível, na mesma posição.

Deu dois passos e levantou o auscultador.

— *Ele já chegou?* — perguntou uma voz de homem, do outro extremo do fio, antes que Pedro tivesse falado.

Manteve-se silencioso.

— Responda-me! Ele já apareceu aí? — insistiu a voz. — Avise-o de que lhe matamos a mulher, se ele se dirigir à Polícia e se não voltar para aqui... Está a ouvir? Responda!...

Lentamente, Pedro pousou o auscultador no descanso.

— Desculpe-me, Mrs. Cameron — disse desalentado. — Nunca pensei...

— Fuja daqui, depressa! — suplicou-lhe ela. — Eu quis dizer-lhe que não viesse... Quis contar-lhe o que se passava, mas o senhor não me deu ouvidos! Fuja daqui... O homem que telefonou não ouviu agora a minha voz; das outras vezes, eu respondi-lhe. Ele é capaz de pensar que o senhor está cá em casa, Mr. Castro!...

— Tenho de ligar para a Polícia — disse Pedro, pouco seguro de si.

— Pense na sua mulher, e resolva aquilo que entender... Não quero ser culpada por o aconselhar, mas vá ponderar o assunto para longe de esta casa! A Scotland Yard tem estado em contacto comigo, mas, apesar disso, atrevo-me a sugerir-lhe que se vá embora imediatamente. Porei o inspector Friedman ao corrente do que se está a passar, se quiser...

— Mas...

— Não será o mesmo do que o senhor os contactar directamente. *Eu não sei* o que o senhor sabe, não é verdade?

Pedro acenou com a cabeça num gesto de compreensão.

Mrs. Cameron atravessou a sala apressadamente, abriu uma gaveta da escrivaninha e retirou de lá um sobrescrito, que Pedro reconheceu, e um volume atado com um cordel.

— Leve consigo este dinheiro; é seu. Encontrei-o no vosso quarto, bem como os maços de cigarros. O senhor vai precisar de ambas as coisas... Mas saia daqui depressa.

Desta vez foi ela quem o segurou por um braço arrastando-o para a porta da rua.

— Tenha cuidado. Telefone-me quando entender... enquanto não tomar uma resolução. — Dirigiu-se à janela que deitava para a rua, afastou cuidadosamente a cortina e espreitou. — Não vejo ninguém lá fora. Aproveite a ocasião, por amor de Deus!

— Quando foi que eles vieram buscar Vera?

— Ontem à noite.

— E a senhora não pôde evitar que a levassem?

— Não, Mr. Castro. Não, porque recebi um telefonema a participar-me que o senhor tinha dado entrada num hospital e pedindo-me que me deslocasse lá urgentemente.

— Compreendo — disse Pedro, e levou a mão ao fecho da porta.

— Tenha cuidado. Pense...

As últimas palavras de Katherine Cameron perderam-se, quando Pedro fechou a porta sobre si.

Observou a rua nos dois sentidos. Não notando alguém que lhe despertasse suspeitas, começou a caminhar na direcção de Sloane Square.

Fora um duro golpe! Um golpe demasiado duro para quem

julgava ter conseguido o pior — a fuga — para alcançar o melhor — o regresso a casa e à mulher, e a protecção da Scotland Yard. Fora um duro golpe...

Agora estava explicado o desaparecimento das chaves: os tipos tinham-lhas tirado para que o rapto de Vera não oferecesse dificuldades de maior, pelo menos a dificuldade de entrar na casa com segurança!

Sentia-se vencido; sentia-se num beco sem saída. *Não* ousava fugir de Londres, porque nunca abandonaria Vera. *Não* podia recorrer à Polícia, porque os outros matariam Vera. *Não* devia entregar-se, porque perderia a causa do mesmo modo; entregar-se significava assinar a sua sentença de morte, a sua e a de Vera! Não podia desistir, *não* podia renunciar a todos os caminhos, porque tinha, infalivelmente, que enveredar por um. *Por qual?*

A cabeça doía-lhe, de fraqueza e desespero... Os outros possuíam todos os trunfos. Mas não possuiria ele algum, um só que fosse? Se eles tinham telefonado para casa de Mrs. Cameron, depois da sua fuga, e de meia em meia hora, não estariam a denunciar-se, melhor, a denunciar uma falha em qualquer lado?... *Não há ameaça sem existir medo!*

«Tem que existir uma falha em qualquer lado; aí, estará o meu trunfo. Mas sinto-me exausto, sinto-me incapaz de raciocinar calmamente. Tenho necessidade de comer, descansar um pouco e ponderar o assunto...»

Aproximava-se de Pimlico Road. Foi nessa altura que viu o *MG* descapotável estacionado junto ao passeio, um pouco à sua frente; foi nesse momento que olhou casualmente para o espelho retrovisor do carro e reparou no homem que o seguia a uma dezena de metros, se tanto.

Instintivamente, estacou, mas emendou depressa o erro acabado de cometer: retirou um cigarro do maço. Enquanto o fez, desviou propositadamente os olhos do espelho, para que o outro se sentisse seguro, mas observou-o, depois, no cromado do isqueiro, quando acendeu o cigarro.

O homem afrouxara o passo e fingia consultar um pequeno

livro (naturalmente uma agenda) e os números das casas ao mesmo tempo.

Pedro não o reconheceu; não o identificou como sendo Mike ou o outro, mas não conhecia aquele que o interrogara, nem sabia se existiam ou não outros membros. O homem também podia ser um detective. *Não tinha dúvidas, porém, é de que aquele homem o estava a seguir.* E fosse ou não polícia, teria de o iludir e de lhe fugir.

Já avistava Sloane Square; uma vez alcançada a estação do metropolitano, as possibilidades de êxito da sua fuga seriam maiores...

Não se atreveu a olhar para trás, mas de todos os seu sentidos estava certo de que o mais alertado naquele momento era o da audição; escutava os passos do outro, como se fossem o eco dos seus.

Entrou na estação e conseguiu uma vantagem sobre o homem que o perseguia: usou do passe turístico que comprara, escapando assim a uma perigosa demora na fila dos passageiros que eram obrigados a adquirir bilhete.

Desceu a escada rolante e optou pelos dísticos que lhe indicavam o caminho para *Circle Line.* Ao atingir a plataforma, viu um comboio desembocar no túnel.

A paragem foi rápida. Quando entrou numa carruagem e ouviu o sinal de partida, respirou fundo, passou o lenço pelo rosto e dispôs-se a ocupar um lugar sentado.

Naquela carruagem era permitido fumar. Mas, nesse instante, mal acabara de se sentar, ouviu uma voz:

— Dá-me lume, por favor?

Era o homem! Um rosto inexpressivo, de olhos encovados e perscrutadores...

Acendeu o isqueiro e estendeu-o para o cigarro do outro.

— Obrigado — disse o homem, olhando em torno de ambos. Depois, abriu o jornal discretamente, sobre os joelhos, e acrescentou: — Olhe para aqui.

Sentindo um arrepio percorrer-lhe todo o corpo, Pedro viu

a sua fotografia e a de Vera, juntas, e leu o título da notícia que encimava todas as colunas da primeira página:

O CRIME DE LEICESTER PLACE

UM CASAL DE TURISTAS PORTUGUESES
ENVOLVIDO NO HOMICÍDIO DE WANDA
HAYMES DESAPARECEU MISTERIOSAMENTE

IDENTIFICADO O AUTOR DO TELEFONEMA
FEITO PARA A SCOTLAND YARD

— Com essa barba e o cabelo em desalinho não está mal de todo, mas adicione-lhes isto — disso o homem entregando-lhe uns óculos escuros... — Saiu a 2.ª tiragem do jornal somente por causa de esta notícia!

Pedro fitou-o, intrigado.

— Não me receie, amigo — disse o homem. — Não sou polícia, nem pertenço ao *outro* lado, compreende-me? — Sorriu vagamente. — Estou... como direi?... Estou no meio, é isso mesmo: ocupo, em certo sentido, uma posição idêntica à sua. Com vantagem para mim, é claro! — Tragou o fumo profundamente e comentou: — Foi um golpe de sorte tê-lo descoberto, devo confessar-lhe, mas seria excessivamente modesto se não lhe dissesse, também, que tive um palpite, um grande palpite! — Tornou a olhar à volta de ambos, como medida de precaução, e disse: — Chamo-me Burton, Samuel Burton, e sou jornalista. Fui eu quem fez esta reportagem — apontou para o jornal sem conseguir esconder o orgulho que sentia no próprio trabalho. — Não eram exactamente estes os planos do inspector Friedman, mas este velho amigo é o tipo mais surpreendente que jamais conheci! Creio que qualquer factor importante o levou a pôr de parte um determinado truque; ele não fazia tenções de participar o seu desaparecimento e o da sua mulher, Mr. Castro. Mas, enfim, estou a trabalhar para o meu jornal, para Friedman e para o público! É necessário agradar a todos ao mesmo tempo... Sugiro que demos uma volta completa, ou pelo menos que nos «deixemos ir», nesta *Circle Line*... Onde está a sua mulher?

— Mostre-me o seu cartão de repórter — pediu Pedro surpreendendo-se, acto contínuo, de ter feito aquela exigência.

— Parabéns! — elogiou o outro. — Agrada-me não estar a conversar com um idiota. — Exibiu-lhe o cartão pedido.

— Como foi que me descobriu?

Burton voltou a tragar o fumo e disse:

— Vamos por partes. As fotografias publicadas no jornal foram encontradas na carteira da sua mulher. Olhei para elas o tempo suficiente para as fixar. Depois, eu estava em casa de Mrs. Cameron, quando ela recebeu a terceira chamada de um tipo que perguntava por si e que lhe deixou uma mensagem *animadora*. Muito bem. Aconselhei Mrs. Cameron a comunicar imediatamente a ocorrência à Polícia, mas ela disse-me que era preferível esperar que o senhor aparecesse. Achei que tinha razão e fui para o meu carro, que está estacionado não muito longe da casa, resolvido a sacrificar uma tarde inteira à sua espera, mas o senhor apareceu minutos depois. Aqui tem o que foi um palpite e um golpe de sorte.

— E o que é que pretende de mim?

— Ajudá-lo, simplesmente, quer me creia, quer não. Sei que se encontra num beco sem saída. Duas cabeças a trabalhar pensam melhor do que uma só; pode ser que, juntos, encontremos uma solução.

— Não vejo como, por ora — disse Pedro sentindo-se mais à vontade.

— Se os tipos o ameaçam é porque estão com medo de si...

— Já pensei nisso, mas o medo que tenho deles é muito maior do que o que eles possam ter de mim. E estou certo de que matam mesmo a minha mulher, se eu der um passo em falso.

— Também estou certo disso — confessou Burton sem rodeios. — Mas note o seguinte: enquanto eles não o apanharem, o senhor pode tê-los na mão.

— Explique-se melhor. Estou cansado e confuso de mais para pensar...

Burton sorriu e bateu-lhe com a mão no joelho, num gesto amigável e condescendente.

— Vê-se na sua cara, meu velho! — disse. — Bom. Enquanto o senhor não contactar a Polícia, eles não se atreverão a tocar na sua mulher. Logicamente, o senhor pode também ameaçá-los. Depende de ter ou não coragem para o fazer; coragem e *argúcia*, não esqueça. Se se entregar ou se se deixar apanhar, estará completamente perdido!

Pedro pesou a afirmação de Burton e concluiu que ele tinha razão. Era, afinal, aquele o seu trunfo; era aquela a falha que procurava...

— De onde fugiu, Mr. Castro? — disparou o repórter subitamente.

— Nada feito — respondeu Pedro. — Não lho direi, porque não posso confiar a vida da minha mulher nas suas mãos, nem nas da própria Polícia! Enquanto fizer o meu jogo com eles, tenho que pensar numa saída, seja ela qual for. Mas numa saída segura; não me serve qualquer...

— Embora o compreenda, devo dizer-lhe que pode confiar em mim. Usarei da maior prudência; dou-lhe a minha palavra. Não vê que posso ser um intermediário entre si e a Scotland Yard?!

— Nada feito — repetiu Pedro resolutamente. — Só devo confiar em mim, por agora.

Burton sorriu.

— Oiça... Não lhe vou dizer isto para seu mal, mas devo lembrar-lhe que também está nas minhas mãos...

— Isso é uma ameaça?

— É, mas não no sentido em que a toma.

Pedro olhou-o bem nos olhos. Depois, verificou que não havia passageiros perto deles.

— Irei até ao inferno para salvar a vida da minha mulher. A curiosidade que senti em descobrir o assassino de Wanda Haymes, por ter assistido à prática do crime, passou para segundo plano, ou já não existe mesmo. Em primeiro plano está a vida da minha mulher, compreende, Mr. Burton?

— Compreendo, mas torno a adverti-lo de que está nas minhas mãos. Posso chamar o primeiro polícia que nos aparecer no caminho...

Pedro, sem quase dar por isso, apertou-lhe o pulso até notar que os nós dos seus dedos embranqueciam.

— Se fizer isso, mato-o! — disse, cerrando os dentes.

— Não creio que fosse capaz disso — proferiu Burton acariciando o próprio pulso. — O senhor não tem instintos homicidas...

— Não os tenho, de facto. Mas estou armado, Mr. Burton. E qualquer ser humano é capaz de ceder a um momento de desespero e cometer um crime para salvar, sobretudo, a vida dos pais, da mulher ou dos filhos.

Burton atirou o cigarro para o chão e pisou-o. Levantou, depois, os olhos para Pedro e confessou-lhe:

— Acredito que seja capaz de me matar... se também eu der um passo em falso!

Pedro decidiu finalmente pôr os óculos escuros.

— Em que ficamos, então? — perguntou ao outro.

— Um palpite e um golpe de sorte para nada! — comentou Burton com azedume. — Estou farto de ser jornalista. Por vezes, as grandes «caixas» não se podem publicar!

— «Saber esperar é uma grande virtude»...

— Isso é algum provérbio português?

— Não sei. Português ou não, é um provérbio que se aplica a todo o mundo.

— Em que ficamos? — foi a vez de Burton pôr a questão.

— Preciso de comer e de descansar para, em seguida, meditar no assunto. Tudo isto tem que ser feito num sítio seguro, num local onde me encontre livre de qualquer perigo. Como o senhor disse, posso jogar o meu trunfo contra o deles: não se hão-de arriscar a matar Vera enquanto eu estiver em liberdade...

— E o local seguro? — interpôs Burton.

— Encontrá-lo-ei num hotel ou numa pensão, suponho. Ainda tenho algumas libras comigo.

Samuel Burton acendeu segundo cigarro.

— Poupe dinheiro — disse ele dobrando o jornal que colocara sobre os joelhos. — Tenho um apartamento perto de Maida Vale; não é dos mais confortáveis, mas ainda dá para duas pessoas...

Pedro sorriu-lhe com cinismo.

— Posso chegar lá, barbear-me e tomar um duche?

— É claro que pode...

— E, quando olhasse para o espelho do quarto de banho, via um regimento de polícias entrar no apartamento, não é isso, Mr. Burton?

— Não diga tolices! Não tenho o mínimo interesse em estragar a sua vida ou a da sua mulher!

— Que garantias me dá?

— Nenhumas, a não ser a minha palavra.

Pedro voltou a olhá-lo bem de frente. Poderia confiar naquele homem? Burton tinha razão; devia poupar o dinheiro que possuía...

— E o senhor está disposto a esconder em sua casa um tipo procurado pela Polícia e por assassinos, Mr. Burton? As leis inglesas permitem que se dê ao luxo de o fazer?

— Não. A lei proíbe-me de o fazer. E mais: poderei ser acusado de cumplicidade, mas, além de me sentir humano e de desejar safá-lo de esta embrulhada, o seu caso poderá constituir para mim uma grande reportagem. Consigo a meu lado, tenho a garantia do exclusivo, compreende-me?

— Perfeitamente. E aprecio a sua franqueza; agrada-me registar a parte comercial da sua confissão.

— Mas não se esqueça de que também sou humano. Creio que esta parte é igualmente digna de registo!

Pedro manteve-se em silêncio por uns momentos. Abstraíra-se por completo das paragens feitas pelo metropolitano e da grande afluência de pessoas, ora num sentido ora noutro, saindo e entrando.

— Aceito o convite, Mr. Burton — disse finalmente. — Mas não tente trair-me... Pela minha mulher e pelos meus filhos, que estão muito longe de tudo isto, sou capaz...

— Sei que não hesitará em meter-me uma bala nos miolos, embora isso representasse o seu fim.

— É-me indiferente que possa representar o meu fim, desde que salve a Vera. Em certo sentido, os filhos precisam mais da mãe do que do pai, Mr. Burton.

Burton não fez comentários àquela observação, e disse:

— Vamos sair na próxima estação, para mudarmos de comboio, Mr. Castro.

XVIII

O homem ao volante travou o carro numa zona erma dos arredores da cidade. Suspirou, colocou um cigarro na boca, mas não o acendeu. Olhou para o assassino, que estava sentado a seu lado.

— Já tomaste uma decisão? — inquiriu.

— Relata-me outra vez os acontecimentos — pediu o assassino.

— Outra vez?!

— Não és bem remunerado, hem?

— Sim, sou, mas nunca me disseste que querias um disco de repetição ao teu serviço!

— Faz o que te disse.

— *Okay*... Pus Stephen a fazer chamadas para a casa de Ebury Street, de meia em meia hora. E, ao quarto telefonema, Stephen suspeitou de que era mesmo o tipo quem o estava a atender...

— Porquê?

— Porque, enquanto foi a dona da casa a atender, ela falou sempre.

— Idiota! Logo que o tipo fugiu devias ter posto um dos rapazes a vigiar a casa de Ebury Street; já devias calcular que ele iria lá, para *sossegar a mulher*.

— Pois devia, mas nunca esperei que ele chegasse a ir a casa. Sempre pensei que telefonaria primeiro e que a velhota o avisasse!

— Já o teríamos nas unhas. Assim, estamos, como ele, num beco sem saída!

— Stephen está a vigiar a casa, e será substituído por outro durante a noite...

— *Agora*, hem? Esperas que o tipo volte lá?!

— Talvez caia nisso...

O assassino bateu com o punho cerrado no *tablier*.

— Já não será nessa ratoeira que o apanhamos!

— Queres que mande interrogar a dona da casa? — perguntou o homem ao volante.

— Não! Não agraves mais a situação. Tínhamos o campo aberto antes de ter acontecido o que aconteceu, mas agora perdemos a oportunidade. Não *quero* que Stephen, ou qualquer outro, seja apanhado pela Polícia. Não há interrogatórios, compreendes?

— Seja como mandas — disse o homem ao volante, com sarcasmo.

O assassino recostou-se no banco e proferiu pensativamente:

— A ordem que vais transmitir aos rapazes é esta (vê se não és parvo e se transmites as ordens como deve ser!): *manter vigilância cuidadosa à casa de Ebury Street, e manter igual vigilância à residência de Christopher Haymes e à Scotland Yard.* Compreendes o modo como deves dizer as coisas, hem? — Fez uma pausa e acrescentou: — Bom. Caso o tipo seja visto pelos rapazes em qualquer dos locais que indiquei, à excepção da Scotland Yard, *não quero violências*, nota bem! Lembra-te de que os mesmos locais podem estar a ser observados pela Polícia. Na hipótese de o verem, devem segui-lo e nunca mais o perder de vista. Arranja as coisas de forma a que eu seja avisado (se isto acontecer) de todos os movimentos que ele fizer de hora a hora, entendes?

— Estou com os ouvidos limpos!

— Serei eu quem alterará a ordem que vais transmitir aos rapazes, serei eu quem dirá o que deve ser feito — frisou o assassino. — Contudo, se ele for visto a dirigir-se à Polícia abatam-no sem dó nem piedade; o tipo não poderá contactar a Yard!

— E o que fazemos à mulher dele?

— Vocês já apuraram que ela nada sabe; o facto de desconfiar de que o marido estava envolvido no caso, só por si, não interessa. Além disso, ela foi transportada sob a acção de um narcótico, desde a casa de Ebury Street; não saberá dar informações sobre o caminho que seguiu. Em todo o caso, como ele sabe, instalem-se na moradia perto do rio, mas deixa um homem pelo menos no outro edifício. Pode haver alguma chamada telefónica...

— Então, o que fazemos dela?

— Nada. Mantenham-na bem segura. Ela é o único trunfo que possuímos para apanhar o marido, e estou certo de que ele morderá a isca.

— E quando o apanharmos?

— Nessa altura acabaremos com ambos... e com as preocupações! — disse o assassino, decididamente. — O tipo constitui um perigo para nós...

— Em parte, sim — atalhou o homem ao volante. — Mas constitui um perigo muito maior *para ti*! Usas a mão esquerda para fazer o que os outros fazem com a direita...

— Cala-te!

— Como queiras.

— Devias manter-te calado... devias abster-te de fazer comentários. Até porque tu... — calou-se subitamente, ao lembrar-se do que o outro lhe acabara de afirmar sobre o uso da mão esquerda — tens cometido erros — prosseguiu. — Erros sobre erros. Por que diabo escolheste aquela zona do esgoto, quando há centenas de outras por aí?

— Simplesmente porque era aquela que melhores condições e menos riscos oferecia.

— Francamente, escolher a zona que estava para ser fiscalizada e limpa nesta ocasião não lembra ao diabo!

— Querias que adivinhasse?! Por que motivo não consideras antes o caso como uma jogada infeliz?... No entanto, não te esqueças de que previ um azar; golpeei a mão do rapaz e liguei-a depois...

— É para te agradecer?

— Talvez. Não sabes se os chuis vão admitir a hipótese...

— Não sejas infantil. Mesmo que a Polícia admita a hipótese de ele ter morto a noiva, *não achas que vai ficar a pensar em descobrir quem foi que o matou a ele?!*

O homem ao volante calou-se.

— Leva-me daqui para fora — ordenou o assassino. — Tens algumas dúvidas?

— Tenho.

— Fala.

— Se o tipo nos telefonar para tentar negociar a vida da mulher?

— Não tomam qualquer decisão sem me consultar, e gravem os telefonemas.

— *Okay* — respondeu o homem ao volante. E pôs o motor a trabalhar.

O *Rover* fez marcha atrás e desapareceu ao longo da estrada, na noite escura.

— Devia ter-nos telefonado imediatamente, logo que recebeu a primeira chamada, Mrs. Cameron! — disse Friedman para o bocal. Depois, controlou a voz e acrescentou: — Por que razão não o reteve aí, quando ele chegou? Por que motivo esperou um dia inteiro para me telefonar? Pensa que lhe prestou maior ajuda deixando-o fugir?!

— Penso — respondeu Katherine Cameron, e Friedman percebeu que ela soluçava. — Não tive coragem de o reter. Tenho a certeza de que lhe matavam a mulher!

No seu íntimo, Friedman também pensava do mesmo modo.

— Talvez tenha procedido sensatamente, Mrs. Cameron — concordou ele, por fim. — Mas, por Deus, não nos complique mais a vida! Quero ser informado de tudo o que se passar a partir de agora. E proceda com prudência; não quero mais vítimas, Mrs. Cameron! Vou pôr o seu telefone sob escuta... embora esteja convencido de já nada adiantar com isso.

E desligou.

— Devíamos ter o dom de adivinhar, Brackett! — disse

Friedman, mal-humorado. — Não posso perdoar-me o erro de não ter posto o telefone de Katherine Cameron sob escuta... mas não previ o que aconteceu. — Friedman levantou-se, contornou a secretária e postou-se em frente da janela olhando para fora, para as luzes da cidade.

— Já temos duas vítimas — disse sem se voltar, como se falasse para a noite. — Passamos a ter neste momento dois telefones sob escuta, em vez de um só. Há duas vidas em perigo... e o assassino continua a rir-se de nós. Estamos a perder aos pontos! E, além de tudo isto, a Embaixada de Portugal já entrou em contacto connosco, como é natural. Está a dar-se o que eu receava; está em jogo a nossa competência e prestígio de que gozamos internacionalmente, Brackett!

— A Embaixada deu-nos boas informações acerca do casal português, *sir*. A hipótese de chantagem...

— Deve ser, em princípio, posta de parte — cortou Friedman. — Estou agora quase certo de se tratar do caso de um turista que teve a pouca sorte de passar por Leicester Place, em frente da *janela fatídica*, na hora H. Depois, em vez de afastar do pensamento a imagem da cena que presenciou, deixou-se dominar por uma ideia fixa e meteu-se no caso até aos cabelos! É isto, Brackett; estou certo de que é isto!

— E quanto a John Gilbert, *sir*?

— O assassino foi infeliz no local escolhido para esconder o corpo e a história da mão ligada não é suficientemente convincente...

Como se alguém tivesse pressentido que a afirmação do inspector carecia de confirmação, a campainha do telefone retiniu. Brackett atendeu e ouviu o que lhe transmitiam. Após isso, desligou e declarou:

— Krasney averiguou que não se deu, nestes tempos mais próximos, qualquer acidente na aula de Anatomia, *sir*. E nenhum dos colegas de Gilbert se recorda de o ter visto com a mão ligada.

— A não ser que o acidente seja de outra natureza e tenha ocorrido fora da Faculdade, o que não me parece muito provável, de acordo com as declarações do doutor Jordan. — Friedman aproximou-se da secretária e voltou para si as primeiras notas fornecidas pelo médico legista. — *Ferimento profundo causado por lâmina de gume muito afiado — bisturi, navalha de barba ou canivete...* — leu em voz alta.

— O bisturi é indicado em primeiro lugar — frisou Brackett.

— O doutor Jordan pode ter sido influenciado pela deformação profissional e sugestionado pelo facto de Gilbert ter sido estudante de Medicina — comentou Friedman com um vago sorriso. — Apesar de tudo, não devemos pôr ainda completamente de parte a hipótese de Gilbert ter assassinado a noiva. Mas, e imediatamente, se assim aconteceu, depara-se-nos esta questão: *Quem matou, então, Gilbert, e por que o fez?...*

Friedman tornou a pegar no telefone.

— Dê-me linha — pediu ao telefonista do PBX. E marcou, a seguir, o número da residência de Christopher Haymes. Pouco depois, reconheceu, do outro lado, a voz de Jean Hunter. — Boa-noite, Miss Hunter — disse, com delicadeza. — Ainda tenho possibilidades de a encontrar aí esta noite?

— Estou cá até depois das dez, porque me enganei nos cálculos, esta tarde! Encontro-me, portanto, à sua disposição.

— Muito obrigado. Vou para Eton imediatamente.

Desligou e olhou para a tiragem nocturna do *Evening*, que Brackett acabara de receber e lhe colocara sobre a secretária:

O caso de Leicester Place

*O CADÁVER DE JOHN GILBERT FOI
DESCOBERTO NOS ESGOTOS DE LONDRES*

*NÃO HÁ NOTÍCIAS DO CASAL PORTUGUÊS
DESAPARECIDO*

Friedman consultou o relógio, levantou o auscultador e ligou para a residência de Samuel Burton.

— Sam?

— Viva! — disse o jornalista em tom jovial.

— Tenho uma notícia fresca para si. Quero que a publique na primeira edição de amanhã.

— Estou a ouvi-lo...

— Amplie a fotografia do português, *só a dele*, e participe ao público que ele tinha sido raptado pelo assassino de Wanda Haymes, mas que conseguiu evadir-se...

— Palavra?

— Palavra. Dê um salto a casa de Mrs. Cameron e peça-lhe pormenores... Além da publicação da notícia quero que você faça uma descrição tanto quanto possível pormenorizada do nosso homem e que apele para o público: quem o reconhecer deve comunicar imediatamente connosco.

— Vou pôr-me em campo, e obrigado pela novidade — disse Burton.

Friedman pousou o auscultador no descanso e olhou para o sargento.

— A caminho, Brackett — disse, num tom de voz decisivo. — Arranje um dactiloscopista e um fotógrafo para nos acompanharem.

XIX

— Começaram a surgir os sarilhos — lamentou-se Burton, depois de desligar o telefone. — O Inspector Friedman convenceu-se de que me deu uma novidade ao participar-me a sua fuga!

Pedro bebeu o resto do sumo e acendeu um cigarro. Dormira toda a tarde e fora acordado por Burton, para jantar. Sentia-se outro, depois do descanso, de um banho e da refeição.

— Você arranjou os sarilhos por suas próprias mãos, Sam — disse ao jornalista. — Eu não lhe pedi asilo...

Burton fez um gesto largo com a mão, como que a afastar aquela ideia.

— Não me compreenda mal... Estou simplesmente a pensar em voz alta.

— O que queria ele?

— Quer que publique, amanhã, uma fotografia sua, ampliada e nítida (a mesma que foi editada esta manhã), a acompanhar a notícia sobre a sua fuga e pedindo a quem o reconhecer que se ponha imediatamente em contacto com a Polícia.

— O que pensa fazer, Sam?

— Não sei, francamente... Vou até ao jornal; decidirei entre uns golos de café e uns cigarros o que devo fazer, tendo presente o objectivo de não o prejudicar.

— Com esse objectivo em mente, você pode não me prejudicar, mas arranjará dores de cabeça para si...

Burton sorriu-lhe e disse:

— Não estrague a digestão! Sem luta, a vida não tem sabor. — Levantou-se do *maple*, vestiu a gabardina e pôs o chapéu, inclinando-o para a nuca. Acendeu, depois, o cigarro que acabara de colocar na boca e preveniu: — Não devo regressar antes das três ou quatro da manhã. Você estará seguro aqui; não fomos seguidos. Em todo o caso, se alguém bater à porta não abra. Eu tenho chave.

— Cumprirei as suas instruções.

— E cuidado com essa arma! — acrescentou Burton apontando para a algibeira volumosa do casaco de Pedro, pendurado nas costas de uma cadeira. Finalmente, voltou-se e levou a mão ao fecho da porta.

— Oiça — pediu Pedro. — Não tome qualquer decisão quanto ao inspector Friedman sem meu conhecimento.

— Só tenho uma palavra. Entretanto, agora que já descansou, pense claramente numa solução. Para continuar a cumprir a minha palavra preciso da sua colaboração.

E Burton saiu. Pedro ouviu o rumor dos seus passos perder-se na escada.

Apagou a luz, aproximou-se da janela e afastou discretamente a cortina a tempo de ver o jornalista meter-se no carro e partir.

Não voltou a usar a luz do tecto; preferiu a do candeeiro colocado sobre a mesa redonda, situada junto da estante e do sofá, sobre a qual se encontrava o telefone.

Consultou a agenda, pegou no auscultador e estabeleceu ligação com a casa onde estivera retido.

Ao som de um tiquetaque enervante, escoou-se um minuto e quarenta e poucos segundos no seu relógio até surgir no outro extremo da linha uma voz gutural, que reconheceu como a de Mike (ao menos não o matara com a chave inglesa).

— Está?

— Sim — disse Pedro. — Se vocês esperavam a minha chamada, aqui estou.

— Porco imundo!... Deixaste-me marcado para sempre, mas pagar-me-ás isto, nem que só nos encontremos no inferno!

— Foi pena não te ter aberto a cabeça ao meio — disse Pedro procurando mostrar-se duro. Achava indispensável que os outros não se apercebessem do medo que sentia. — Telefonei para negociar — esclareceu, por fim.

— Sim? Fala, então. Sou todo ouvidos!

— Quero ter a garantia de que a minha mulher está aí, quero ter a certeza de que ela está viva...

— Aqui?! Pensas que somos parvos?! — explodiu Mike. — *Transferimo-la*, se é isto que queres saber.

— Se é isso o que tens para me dizer, não iniciamos negociações.

— O patrão é capaz de perder a paciência mais cedo do que julgas! O melhor que tens a fazer é voltar para cá...

— Agora és tu que pensas que sou parvo!... Mantenho a proposta: quero ter a garantia de que a minha mulher está viva. Quero ouvir-lhe a voz...

— Neste momento não é possível.

— Porquê?

— Ela não... Ela não está em condições de se deslocar do local onde se encontra até aqui. Esta noite pelo menos...

— Porquê? — Pedro apertou excessivamente o auscultador contra o ouvido. — Porquê, Mike? Responde-me!

— Bom, ela caiu e partiu a cabeça.

Pedro cerrou os dentes.

— Ouve, canalha! Nem que só nos encontremos no inferno, como disseste, reservo para ti todas as balas da tua arma, se voltas a tocar na minha mulher!

— Eu disse-te que ela caiu...

— Cala-te e ouve. Dentro de uma hora torno a ligar para aí. Vais deslocar-te ao local onde se encontra a minha mulher e perguntas-lhe o nome da nossa filha mais nova, e a data e hora em que ela nasceu. Repete o que te acabo de dizer.

— O nome da vossa filha mais nova, e a data e hora em que ela nasceu.

— Dentro de uma hora, Mike. Quero a resposta dentro de uma hora.

Desligou bruscamente o telefone e esmagou o cigarro no cinzeiro. Quando olhou para o auscultador, viu que o tinha deixado alagado em suor.

Faltavam vinte minutos para as onze.

Às onze e cinco, ouviu passos na escada, passos que se interromperam junto da porta do apartamento.

Levantou-se do sofá, alcançou em silêncio a cadeira onde pendurara o casaco e retirou o revólver da algibeira deste no momento exacto em que a campainha da porta soou.

Não fomos seguidos. Em todo o caso, se alguém bater à porta não abra. Eu tenho chave.

Apontou a arma na direcção da entrada.

E cuidado com essa arma!

A campainha voltou a soar, três vezes seguidas.

Nem um só dos seus músculos se moveu. Manteve-se de pé, frente à porta, com a arma apontada nessa direcção.

Um novo toque da campainha, logo seguido de um punho cerrado batendo na aporta.

— Abre, Sam... Sei que estás em casa; nunca te esqueces da luz acesa!... Apetece-me uma bebida, Sam...

Era uma voz de mulher, de timbre musical e agradável.

— Sam!... Ouves-me?... Diabos te levem, Sam! Já te disse que me apetece uma bebida.

Pedro desviou os olhos da porta para o *maple* onde Burton estivera sentado. Só então reparou no jornal da tarde. *O CADÁVER DE JOHN GILBERT FOI DESCOBERTO NOS ESGOTOS DE LONDRES — NÃO HÁ NOTÍCIAS DO CASAL PORTUGUÊS DESAPARECIDO*; leu, apercebendo-se, ao mesmo tempo, de que a rapariga que estivera do lado de lá da entrada do apartamento tinha desistido da bebida e ouviu os seus passos de novo, desta vez subindo a escada.

«Por que diabo sobe ela, em vez de descer?»...

Tornou a guardar a arma no casaco, apagou a luz do pequeno candeeiro e recostou-se no sofá, junto da mesa do telefone. Interessava-lhe ler a reportagem sobre a descoberta do corpo do noivo de Wanda Haymes, mas fá-lo-ia mais tarde.

De súbito deu um salto, quando a campainha do telefone soou.

«Burton não se lembrou do telefone; nem eu, tão-pouco... Devo atender?»

Trim-trim... Trim-trim... Trim-trim...

Lançou a mão ao aparelho, tapou o bocal e encostou o auscultador ao ouvido.

— Sam?

Ela, outra vez!

— Por que foi que não abriste a porta, querido?... Mudei de ideias, no entanto. Vem antes cá acima; vou preparar um *cocktail* para nós. Está bem?... Responde!

Lentamente, quase sem causar ruído, Pedro desligou. Mas não sentiu o toque da campainha que caracteriza o corte de uma ligação.

Tornou a levantar o auscultador.

— Sam?

Maldita mulher!

— Prendo-te a linha, se não vens tomar uma bebida comigo!

Pedro voltou a pousar o auscultador no descanso.

Acendeu o candeeiro e viu as horas: onze e vinte.

Pegou no jornal e decidiu ler a reportagem sobre John Gilbert.

Terminou a leitura quando faltava cerca de um quarto para a meia-noite e pôs o jornal de lado. O prazo que concedera a Mike já tinha expirado.

Levantou o auscultador, mas não ouviu o sinal de desimpedido. Em vez disso, escutou um *slow* acompanhado de um assobio desafinado e de um tilintar de copos.

Aquela mulher cumpriu a promessa; prendeu mesmo a linha!

Doze minutos para a meia-noite...

Era superior a todas as suas forças desistir de obter as notícias sobre Vera! Decididamente, vestiu o casaco, apagou a luz e atravessou a sala, em direcção à saída.

Prendeu o fecho da porta e passou ao patamar. Como só existia mais um andar por cima do de Burton e como cada piso era habitado apenas por um inquilino, não tinha que hesitar.

Subiu a escada sem causar ruído e viu luz através da frincha da porta do andar superior. Premiu o botão da campainha.

— Afinal, sempre te resolveste, Sam! — disse a voz de mulher, do lado de dentro, e a porta abriu-se na frente de Pedro.

A rapariga pousou os olhos na arma que lhe estava apontada ao peito, mal encoberto pelo roupão que trajava, e levou as mãos à boca para não gritar.

O olhar de Pedro percorreu rapidamente a sala de estar rumo ao auscultador do telefone, que se encontrava fora do descanso.

— Não grite — disse à rapariga. — Não venho fazer-lhe mal. Pretendo simplesmente que você desligue aquele telefone.

— Quem é você?... A sua cara não me é estranha...

— Sou um amigo de Sam. Talvez já me tenha visto com ele.

— Mas... Sam não está lá em baixo?!

— Não. Sam encontra-se no jornal, a esta hora.

— Eu já vi a sua cara!...

— Pense nisso depois. Agora, desligue o telefone.

Ela recuou, sem deixar de o olhar e, mesmo sem se voltar, tacteou a mesa onde repousava o telefone e desligou-o.

— Obrigado — disse Pedro. — Preciso de fazer uma chamada.

— Pode utilizar o meu telefone, se quiser...

— Prefiro o do Sam. — Guardou a arma e disse-lhe, antes de sair: — Desculpe a rudeza com que entrei aqui... mas você podia não estar disposta a atender o meu pedido. — Voltou-lhe as costas e começou a descer a escada.

Mike devia encontrar-se junto do telefone, porque atendeu imediatamente:

— Estou — disse ele.

— Concedi-te quinze minutos mais...

— Vocês não têm nenhuma filha; têm dois rapazes. O mais novo nasceu e 8 de Outubro de 1951, às 23.04h.

«Vera está viva!»

—Então, chega-te a prova?

Pedro manteve-se em silêncio por uns momentos, incapaz de falar.

— Ouviste o que te disse? — insistiu Mike.

— Está bem — articulou Pedro, por fim. — Não irei à Polícia, mas preciso de pensar... Voltarei a ligar para aí...

— Quando? — berrou Mike. — Não tenhas ideias quanto a este local, percebes?... Mas havemos de nos encontrar, nem que seja no inferno. Pagar-te-ei com juros!

— Voltarei a ligar para aí, e não tornes a tocar na minha mulher. Para bem da tua pele, Mike.

Pedro cortou repentinamente a ligação.

«A Vera está viva, mas tenho que conseguir falar-lhe; é indispensável que o faça. Somente depois de a ouvir poderei seguir uma directriz...»

A campainha da porta soou novamente, mas desta vez a rapariga não chamou por Sam:

— Abra, se não quer que eu telefone à Polícia! — ameaçou do lado de fora.

Havia um tom decisivo na sua voz, o que não proporcionava a Pedro qualquer alternativa.

Abriu-lhe a porta.

Ela apareceu-lhe dentro do mesmo roupão transparente, o olhar arrogante mostrando que não o temia. Entrou e bateu com a porta atrás de si.

— Não receia que eu dispare a arma? — perguntou-lhe Pedro baixando o cano do revólver para o chão.

— Não. Se você o quisesse fazer já o tinha feito... Não tenho anis — apontou o polegar para o tecto. — Sam costuma ter sempre uma garrafa de *Del Mono* no bar.

Atravessou a sala e dirigiu-se ao móvel-bar. Abriu-o, retirou uma garrafa de *Anis del Mono* e um cálice e foi sentar-se no sofá cruzando as pernas, que destapou com um descarado à-vontade.

— Chamo-me Lucy Taylor — apresentou-se. — Não confunda o meu nome com nenhum nome célebre e trate-me simplesmente por Lucy.

— Oiça, Miss Taylor. Não sei qual é a ideia que vocês fazem do temperamento latino, mas o nosso clima é mais quente do que o vosso... Entretanto, não estou neste momento com disposição para ser seduzido. Advirto-a, antes que você possa fazer um juízo errado acerca da minha pessoa.

— Não vim aqui para o seduzir, *señor* Castro... É assim que vocês traduzem o nosso *mister*?

— Traduzir?! Não me consta que os Latinos tenham *importado* línguas, Miss Taylor. Além disso, não sou espanhol. Se você me quer impressionar com o seu poliglotismo, deve dizer *senhor* e não *señor*... Lisboa não fica em Espanha ou em Itália, como muitos de vocês escrevem nos sobrescritos, quando pretendem endereçar cartas para Portugal...

— Aposto que vamos ser bons amigos! — sorriu com cinismo.

— *Diplomaticamente* amigos, como sempre, Miss Taylor. Cobriu as pernas e esvaziou o primeiro cálice de anis.

— Pelo que posso concluir, o seu domínio de línguas permite-lhe ler os jornais... Pelo menos em inglês. Quais são, exactamente, as suas intenções? Creio que mencionou a Polícia, antes de entrar aqui...

— É um facto — concordou, e tornou a encher o cálice. — É meu dever prevenir a Polícia...

— Tem o telefone ao seu lado direito, Miss Taylor. Terá simplesmente o trabalho de levantar o auscultador e marcar o número. Não lhe prometo, contudo, deixá-la abrir a boca. — E levantou o cano da arma para ela.

— Baixe isso! Você não tem a mínima intenção de puxar o gatilho...

— Tal como você não tem o mínimo interesse em cumprir o seu dever. Se assim fosse, já teria usado o *seu* telefone.

— Raciocínio lógico — comentou, e esvaziou o segundo cálice. — Estou aqui por causa do *Del Mono*. Bom... e, talvez, para satisfazer um pouco da minha curiosidade. Nunca seria capaz de trair um amigo como Sam; e se você está aqui, é porque é amigo dele também.

— Sou, se você chama amizade a um intercâmbio de interesses puramente comerciais.

— Sam é um bom tipo, senhor Castro... Pronunciei bem, agora?

— Talvez dentro dos próximos dez anos consiga uma pronúncia razoável... Acredito que Sam seja um bom tipo, mas conheço-o há apenas algumas horas; estou longe de poder afirmá-lo categoricamente. No entanto, espero que Sam faça justiça às suas palavras.

Lucy Taylor desistiu do cálice. Levantou-se e foi buscar um copo ao armário-bar, no qual verteu três dedos de anis. Os seus olhos começaram a adquirir um brilho anormal. Ela não inspirava a Pedro uma confiança ilimitada, pelo que ele decidiu que teria de a reter ali até ao regresso de Samuel Burton. E Lucy estava a facilitar-lhe as coisas com a ingestão de uma dose «maciça» de álcool...

Quando a garrafa estava menos de meia, Lucy principiou a dar injustificáveis risadas e estendeu-se ao comprido no sofá.

— Dê-me lume... Pedro — disse ela colocando um cigarro entre os lábios. — Você tem nome de santo!

— Mas não sou. — E estendeu-lhe o isqueiro aceso.

Lucy era uma rapariga interessante, mas os seus grandes olhos castanhos, embora bonitos, mostravam-se mortiços, pouco expressivos. Tinha também profundas olheiras disfarçadas por grandes camadas de pó-de-arroz ou outra base qualquer. Num considerável raio de acção, à sua volta, respirava-se uma atmosfera impregnada de anis.

— Quer saber a segunda razão por que vim aqui? — perguntou em voz arrastada e entre dois soluços.

Pedro moveu a cabeça afirmativamente.

— Bom... Quando soube que você queria telefonar, mas que não pretendia utilizar o meu aparelho, desci a escada em silêncio e colei o ouvido àquela porta — apontou o dedo trémulo para a entrada. — Ouvi tudo aquilo que disse e fiquei impressionada... Sou muito impressionável, sabe?... Você há-de conseguir safar-se, se não for idiota! — Levou o gargalo da garrafa à boca e ingeriu alguns golos mais. Depois, limpou os lábios nas costas da mão e prosseguiu: — O meu coração estremeceu, quando o ouvi pronunciar o nome de Mike... Eu sei que há Mikes aos pontapés por aí, mas tenho um pressentimento! Sabe o que é ter um pressentimento?

— Já tenho tido alguns... Até lamento não ter ligado importância ao último que tive!

— Estou a par do caso da rapariga, da Haymes; leio os jornais todos os dias. Senti a morte dela... porque o caso podia ter-se dado comigo!

— Porquê consigo?

— Porque sou uma Joana Ninguém. Se calhar ela também era.

— Não é isso o que consta. Wanda Haymes era uma rapariga rica, uma rapariga que vivia sem dificuldades...

Lucy deu uma gargalhada.

— Também eu já vivi sem dificuldades, mas caí no lodo...

— Você ia dizer-me qualquer coisa sobre o nome de Mike — lembrou Pedro sentindo a tensão a crescer dentro de si.

— Sim... ia, e vou dizer-lhe. Chame-lhe coincidência do diabo, chame o que quiser ao facto de nos termos encontrado; talvez seja obra da Providência. — Calou-se para tornar a beber e repetiu o gesto de limpar a boca à mão. — Conheço um Mike que está metido num negócio sujo. — Riu-se. — Num negócio muito porco!... Você já viu o Mike com quem falou?

— Já.

— É um tipo alto, com sobrancelhas espessas e unidas e o nariz achatado como o de um pugilista?

Pedro avançou dois passos na sua direcção e arrancou-lhe a garrafa da mão.

— *É um tipo alto, com sobrancelhas espessas, unidas e o nariz achatado como o de um pugilista* — disse a Lucy, percebendo que todos os seus nervos vibravam.

— Dê-me essa garrafa! — gritou ela, estendendo o braço para o dele. — Deixe-me beber... Acabo de mergulhar no lodo até ao pescoço!

— Quem é esse Mike? Em que negócio anda ele metido?

— Dê-me a garrafa!...

— Responda-me primeiro. Depois pode fechar-se no armário-bar, se quiser! Em que negócios anda Mike metido?

Começou a soluçar e a lutar para alcançar a garrafa.

— Não seja idiota! Dê-me o anis... Eu sou louca... Não devia ter falado! Se não fosse a amizade que tenho pelo Sam...

— Responda-me! — E Pedro apontou-lhe a arma.

Os olhos de Lucy abriram-se desmesuradamente e a fronte encheu-se de gotas de suor.

— Droga — disse ela. — Mike pertence a uma organização qualquer... Deixe-me em paz, agora!

Pedro entregou-lhe a garrafa e baixou novamente a mão que segurava a arma. Voltou as costas à rapariga e caminhou ao longo da sala.

«Droga», pensou. «Talvez seja este o móbil do crime, talvez seja esta a explicação para a morte de Wanda Haymes.»

Acendeu um cigarro e, ao mesmo tempo, ouviu o ruído de vidros estilhaçados atrás de si.

Voltou-se. Lucy deixara a garrafa cair antes de adormecer...

XX

Um pouco antes da uma hora da manhã o inspector Fried-man e o sargento Brackett atravessaram uma vez mais o sombrio átrio da residência de Christopher Haymes.

Nem Jean Hunter nem qualquer dos criados que Friedman interrogara adiantaram qualquer coisa que tornasse mais nítido o retrato de Wanda Haymes e que definisse concretamente a sua personalidade. Para Friedman, Wanda Haymes continuava a ser uma figura imprecisa no meio de uma nuvem de fumo...

Contudo, um dos membros do pessoal que servia Haymes não tinha sido ainda ouvido. E esse indivíduo — o motorista — era precisamente aquele que Friedman pretendia inquirir somente depois de ter chegado a uma determinada conclusão...

Friedman e Brackett contornaram o edifício e foram encontrar o dactiloscopista Stolley e o fotógrafo Davidson aguardando-os em frente do portão da garagem.

— Se Haymes compreendeu a minha missiva, aquele portão não tardará a abrir-se — disse Friedman. — Não é minha intenção tornar conhecida a suspeita que aqui nos traz; pelo menos por enquanto.

E, na verdade, as duas folhas da porta da garagem principiaram a afastar-se lentamente uma da outra. Christopher Haymes emergiu da escuridão caminhando apoiado na bengala, mas patenteando, como habitualmente, o seu porte altivo e impecável.

— Não creio que possamos ser surpreendidos — disse ele, dirigindo-se a Friedman. — No entanto, peço-lhes o favor de se demorarem o menor tempo possível. A minha ausência pode ser notada, porque Jean ficou a dactilografar umas cartas para eu assinar.

— Se o que pretendo colher se encontra nos locais de que suspeito, Mr. Haymes, Stolley e Davidson farão o trabalho em meia dúzia de minutos, se tanto.

— Precisam da luz acesa, certamente? — inquiriu Haymes aprontando-se para accionar o interruptor.

— Não toque nesse interruptor — advertiu-o Friedman bruscamente. — Costuma accioná-lo muitas vezes?

— Não me lembro da última vez que o fiz.

— Óptimo. — Friedman acendeu a pilha que retirou do bolso e fez incidir o facho de luz no interruptor de baquelite. — Principiem por ali — ordenou ao dactiloscopista e ao fotógrafo, mantendo a pilha na mesma posição.

Stolley iniciou o seu trabalho com o finíssimo pó de alumínio e Davidson preparou a máquina fotográfica.

— Por amor de Deus, o senhor pensa que o George possa estar implicado na morte de Wanda?! — exclamou Haymes, como se só naquele momento compreendesse o interesse do inspector em visitar a garagem.

— A propósito, Mr. Haymes. Qual é o nome completo do seu motorista?

— George Martin. Mas, pensa...

— Penso em muita coisa, Mr. Haymes. Entre elas, penso em George Martin. Nunca notou que o seu motorista *é canhoto*?

— Canhoto?!

— Sim, canhoto. De contrário, creio que ele não teria tomado notas no livrete do seu carro — apontou para o *Bentley* — *usando a mão esquerda*. Não dei por que tivesse qualquer anomalia na mão direita...

— Ele tem ambas as mãos absolutamente normais — disse Haymes, pensativo.

— Há quantos anos é que George Martin é seu motorista?

— Há cinco anos...

O disparo do *flash* da máquina de Davidson produziu um clarão momentâneo.

— Repitam a operação no *capot* do carro — ordenou Friedman aos dois técnicos fazendo incidir o facho de luz sobre o local indicado.

Stolley começou a espalhar o pó de alumínio em toda a extensão do *capot* e Davidson preparou a máquina para a segunda fotografia.

— Conto com a sua discrição acerca do que se está a passar aqui, Mr. Haymes — disse Friedman. — Não quero que Martin sonhe sequer com esta operação.

— Não me parece necessário que me advirta pela segunda vez — respondeu Haymes secamente.

— Martin costumava transportar Miss Haymes no carro?

— Muito raramente. Só quando o carro de Wanda estava na oficina...

— Que carro?

— Um *Austin*, um *A-40*.

— Onde se encontra esse carro?

— Está oculto pelo *Bentley*, ao fundo da garagem.

Uma série de mais três disparos de *flash* garantiu a Friedman que também tinham sido encontradas impressões digitais no *capot*, apesar da luz deficiente das pilhas, da sua e da que Brackett empunhava.

— O trabalho está concluído, *sir* — disse Stolley. — Deseja que observemos mais algum local?

Friedman não lhes respondeu imediatamente. Contornou o *Bentley* e dirigiu o facho de luz para o fundo da garagem iluminando um *A-40 grenat*.

— Miss Haymes serviu-se do carro na noite em que foi assassinada? — perguntou Friedman continuando a avançar para o pequeno automóvel.

A questão era posta a Christopher Haymes mas, antes que ele respondesse, Friedman ouviu um ruído junto do *Austin* e viu, quase no mesmo instante, dois pontos verdes brilharem no escuro.

Movendo a mão rapidamente, o inspector apanhou na zona de luz um gato preto com o lombo arqueado e o pêlo eriçado.

Atrás de Friedman, Haymes riu-se.

— *Black* é um gato curioso — disse ele, enquanto o gato desaparecia subitamente da zona iluminada. — Ele e Wanda entendiam-se maravilhosamente; *Black* tinha uma verdadeira adoração por ela. Sempre que conseguia fugir de casa, fazia-o para se vir esconder no *Austin* e acompanhava Wanda muitas vezes a Londres... Mas tinha-me perguntado, Mr. Friedman...?

— Se Miss Haymes se serviu do *Austin* na noite em que foi morta.

— Tudo me leva a crer que sim. Como não visse o *A-40* aqui, na garagem, disse a George que o procurasse; admiti a hipótese de Wanda o ter deixado na Faculdade, mas George foi encontrá-lo estacionado nas imediações de Leicester Place e conduziu-o para cá.

— A ideia de o procurar nas imediações de Leicester Place partiu de George? — inquiriu Friedman abrindo a porta do carro e observando o interior deste com o facho de luz.

— George não é parvo. Uma vez que não encontrou o carro estacionado na Faculdade, lembrou-se de o procurar no local onde Wanda tinha sido vista com vida pela última vez.

— Devíamos ter sido avisados, Mr. Haymes. Ninguém nos pode garantir que este carro não nos fornecesse uma pista... Acho preferível que se retire agora; temos necessidade de luz eléctrica.

— Nesse caso, fechem os portões; não me parece que corram qualquer risco. Jean tem o seu automóvel estacionado na rua. Quando ela sair, virei ter aqui convosco.

— Mas tenha cuidado. *Não quero* que Jenkins ou qualquer dos criados suspeitem do que estamos a fazer.

— Usarei da maior prudência — afirmou Haymes, e retirou-se desaparecendo para além da porta de comunicação interior.

Brackett acendeu a luz, depois de fechado o portão, e Stolley debruçou-se sobre o *Austin*.

— Passe-o a pente fino — ordenou Friedman acendendo um cigarro, pensativo.

Christopher Haymes atravessou cautelosamente o corredor que comunicava com o átrio da casa, preocupado com um único pensamento: «Terão fortes suspeitas contra George? Poderá ser ele o assassino de Wanda?!»...

Quando chegou ao átrio, viu Jean assomar à porta do escritório e fitá-lo admirada.

— Alguma novidade, Jean?

— Não esperava vê-lo sair daí... As cartas já estão feitas.

— Vou assiná-las, nesse caso.

Samuel Burton abriu a porta e suspendeu o gesto de tirar o chapéu e a gabardina. O seu olhar pousou imediatamente no sofá e em Lucy Taylor, abandonada a um sono profundo. Depois, com uma expressão inquiridora, Burton visou Pedro, que estava sentado num dos *maples*.

— Ela disse que era sua amiga e que queria beber *Anis del Mono*...

— Recomendei-lhe que não abrisse a porta fosse a quem fosse!

— E segui as sua instruções... mas tive necessidade de utilizar o telefone e Lucy tinha prendido a linha, Sam. Vi-me forçado a obrigá-la a cortar a ligação estabelecida com o seu telefone.

— Ela reconheceu-o, *evidentemente*, quando você a procurou?!... Por que diabo não respeitou o que combinou comigo?

— Acho que não perdi a memória desde que você saiu; tenho ideia de que me pediu para procurar, calmamente, uma solução para o meu caso. Recordo-me de você me ter dito que, para manter a sua palavra, necessitava da minha colaboração, Sam...

Burton pareceu cair em si, repentinamente. Acabou por tirar a gabardina e o chapéu e lançou ambos para o *maple*.

— Tem razão — concordou, com um leve sorriso. — Estou estafado; não larguei a máquina de escrever senão há poucos momentos!

— Fez o artigo que o inspector lhe pediu?

— Fiz — confessou Sam francamente. — Mandei ampliar a

sua fotografia e descrevi-o em detalhe. A edição matinal vai esgotar-se em poucas horas.

— Isso é animador para mim!

— Não seja pessimista. Eu não tinha outro caminho a seguir...

— Quem é ela, Sam? — disse Pedro inclinando a cabeça na direcção de Lucy. — Podemos confiar nela?

Burton franziu os olhos.

— Lucy é um pobre diabo, mas não dará com a língua nos dentes. Tem uma alma generosa, apesar de fraca...

— Mas Lucy *deu com a língua nos dentes*, comigo, não há ainda muito tempo, Sam!

Burton pegou na gabardina e no chapéu, pousou-os no braço do *maple* e sentou-se neste, estendendo as pernas. Depois, desapertou o colarinho e espreguiçou-se.

— Vou fornecer-lhe o primeiro material para uma reportagem — disse Pedro. — Vou principiar a retribuir o refúgio que você me concedeu...

— Não empregue o termo *retribuir*. Soa-me mal... Você não quer ver em mim um ser humano, Pedro; você não vê na minha pessoa senão o jornalista ambicioso que se arrisca a marginar a lei para conseguir o exclusivo de uma provável grande reportagem...

— Oiça, Sam. *Eu quero* ver em si o ser humano, o bom samaritano, o bom amigo! Mas é necessário que meta na cabeça que me encontro numa situação desesperada e que a vida da minha mulher está em perigo. É necessário que você se convença de que temos dois filhos que precisam de nós! Não posso cair novamente nas mãos dos tipos; *não posso* procurar a Polícia; *não posso* fugir de Londres... Como diabo quer que confie absolutamente no próximo, nestas condições?!

Burton teve um sorriso complacente.

— Compreendo-o, já lhe disse, mas, com um raio, você tem que confiar em alguém e esse alguém sou eu!

— Acho preferível não nos exaltarmos... Vou contar-lhe o que se passou desde o início deste caso. Não omitirei os acontecimentos desenrolados aqui, esta noite...

Passava das quatro da manhã quando Pedro concluiu a narrativa. Nada mais havia a contar, portanto; restava somente a discussão do caso. E foi essa discussão que ele e Sam iniciaram, enquanto Lucy continuava mergulhada num sono profundo.

— O quarto estava mal iluminado, segundo depreendi — disse Burton. — Você viu, inesperadamente, a imagem do assassino surgir no espelho. O que primeiro lhe despertou a atenção, nessa imagem, foi a mão que segurava a arma. Mais tarde, procurando reconstituir a cena focada pelo seu aparelho visual, desenhou uma figura sem rosto e chegou às seguinte conclusões:

«1. O assassino ou era canhoto, ou tinha temporária ou definitivamente a mão inutilizada; isto, de acordo com o que lhe revelara a imagem no espelho.

«2. Na mão contrária, ou seja, na direita, o assassino tinha um guarda-chuva, o que está absolutamente certo, em harmonia com um costume tipicamente nosso e com o estado do tempo nessa noite.

«3. O assassino devia estar vestido com uma gabardina azul-escura ou preta, e pareceu-lhe ser um indivíduo de estatura vulgar, mais para o alto do que para o baixo.

«4. Não lhe foi possível ver o rosto do assassino por várias razões, a saber: a concentração de toda a sua atenção incidiu na arma que ele empunhava; o facto de a primeira bala ter desenhado no espelho uma grande teia, o que lhe ocultou o rosto; a luz ambiente era demasiado fraca... Creio que devia ter mencionado isto em primeiro lugar — desculpou-se Sam.

— Está certo — apoiou Pedro.

— Não há dúvida — tornou Sam — de que somente um pormenor nos interessa, nessa imagem instantânea apreendida pelo seu aparelho visual: *o facto de o assassino ser canhoto ou ter a mão direita inutilizada.* — Burton interrompeu-se para acender um cigarro. — John Gilbert está em condições óptimas para ter sido o assassino: estatura mais ou menos vulgar, gabardina azul-escura, a mão direita oculta numa ligadura... Mas não acredito que tenha sido ele o autor da morte de Wanda Haymes!

— Porquê?

— Simplesmente, porque não acredito que Gilbert, estando na disposição de matar a noiva, permitisse que ela o procurasse insistentemente no *Aracena* antes de cometer o crime; quero dizer, minutos antes de cometer o crime. Teria consentido, assim, que Wanda chamasse demasiado a atenção sobre ele, o que não lhe convinha, dado que estava disposto a praticar um homicídio!

— Você já teve uma facilidade que eu não tive — interpôs Pedro. — Esteve em casa de Wanda Haymes... Que pessoas vivem lá?

— O pai dela, um mordomo e outros criados. A secretária de Haymes, uma tal Jean Hunter, trabalha durante umas tantas horas por dia lá em casa... Há também um motorista, mas creio que, tal como Jean, não reside na propriedade. Espere, do pessoal fazem igualmente parte dois ou três jardineiros...

Pedro levantou-se do *maple* e começou a passear ao longo da sala, de um lado para o outro.

— A resposta pode encontrar-se naquela mansão, em Eton — disse ele, pensativo. — É um pressentimento, Sam. Se eu visse o assassino...

— O que aconteceria?

— Estou certo de que o reconhecia... Preciso de lá ir, Sam. — A voz de Pedro denunciava excitação. — Temos de descobrir um processo...

— Você está doido de todo! Isso é impossível! A casa está vigiada pela Polícia, sei-o eu...

— Há-de existir um processo qualquer de ludibriar quem quer que esteja a vigiar a propriedade, incluindo os membros que fazem parte da organização chefiada pelo assassino.

— Tire daí a ideia; não encontrará nenhum processo que o livre de se expor a «dois flancos de ataque»!

Pedro calou-se, mas pensou de si para si: «Há-de haver um meio qualquer de o conseguir.»

— E quanto a Lucy? — perguntou, mudando bruscamente de assunto e fitando Burton com interesse.

Sam meneou a cabeça.

— Não corremos o mínimo perigo — disse. — Lucy abriu-se consigo porque é boa pessoa e porque quer ajudá-lo. Quando lhe passar a bebedeira falarei com ela.

— Conhece a vida privada de Lucy?

— Onde pretende chegar com *privada*?

— A Mike, certamente.

— Por outras palavras, você está a insinuar que Lucy se meteu no meio da droga, não é isto?

— Mais ou menos.

— É um facto — confessou Burton, com amargura na voz. — Essa pequena esteve quase perdida, mas eu fui o tal bom samaritano que lhe deitou a mão ainda a tempo. Há mais de um mês que Lucy abandonou o vício.

— Mas você está a curá-la com o alcoolismo, Sam!

— Há um certo fundo de verdade na sua afirmação. Contudo, Lucy está ainda muito longe de se tornar alcoólica. Limito-me a fazê-la esquecer um hábito degradante...

— E, quando tiver alcançado o seu objectivo, como irá fazê-la esquecer o álcool?

Burton sorriu.

— É provável que, por minha vez, abandone o vício de me conservar solteiro! Lucy precisa de um lar, precisa de se sentir amada, de ter filhos... Numa palavra, a melhor cura para o seu mal será sentir-se útil a alguém... será convencer-se de que tem que viver para o marido e para os filhos... Sou um tanto sonhador, não sou?

— Não, Sam. Começo a acreditar que você é um tipo humano.

— Nesse caso, por que não me diz para onde telefonou há horas? — Burton levantou-se e segurou Pedro pelos ombros. — Serei prudente, acredite-me! Poderei fornecer certos dados ao inspector Friedman...

— Nada feito, Sam. Lamento, mas você tem que dar tempo ao tempo. A minha mulher está viva, e isso é quanto me basta saber por esta noite. Quero dar todos os passos com a garantia de não pôr a vida dela em perigo um só momento.

Burton mostrou-se desanimado.

— Eu sabia da existência desse Mike. Nunca interroguei Lucy no sentido de descobrir a proveniência dos fornecimentos que ela recebia... Já pensou que aquilo que descobrimos por intermédio dela poderá facilitar as investigações da Polícia?

— Pensei em tudo, Sam. Só deixei de pensar durante as horas em que dormi durante a tarde. Arranje-me um «passaporte» que me dê acesso à propriedade de Christopher Haymes!

Burton meneou a cabeça um sem-número de vezes.

— Você está completamente louco! — Apagou o cigarro no cinzeiro e aproximou-se do sofá. — Vou levá-la para casa — anunciou. — Esta caixa de fósforos não tem lugar para três pessoas...

XXI

O cinzeiro estava atulhado de pontas de cigarro e de cinza; a sala, viciada de fumo. Pedro acabara de acender o último cigarro do maço quando a porta se abriu e Burton entrou, o chapéu atirado para a nuca, a gabardina aberta, com o cinto pendurado quase a roçar o chão.

Pedro olhou-o, na expectativa. Sentira-se como um animal enjaulado durante a maior parte do dia; eram quatro e meia da tarde.

— As últimas notícias são animadoras — disse Burton, com um sorriso jovial. — Friedman confidenciou-me que julga ter obtido as impressões digitais do motorista de Haymes...

— Onde?

— Na garagem da propriedade.

— Mas por que razão lhe interessam as impressões digitais do motorista?

— Simplesmente por isto: *o motorista de Christopher Haymes é canhoto!*

Pedro sentiu a artéria temporal latejar-lhe.

— E a que conclusão já chegou o inspector? — perguntou.

— A nenhuma, por enquanto. Estão a consultar os ficheiros de cadastros e a comparar as impressões, o que nem sempre é trabalho que se faça com rapidez, tanto mais que não possuem uma fotografia e querem trabalhar discretamente.

— Sam — disse Pedro sentindo a garganta seca. — Preciso de ir a Eton...

Burton voltou-lhe as costas por um momento, enquanto

despiu a gabardina. Quando tornou a encarar Pedro, um sorriso alegre bailava-lhe novamente nos olhos e nos lábios.

— Você venceu... e convenceu-me — confessou Burton. — Descobri uma possibilidade de entrar na propriedade!

— Como, Sam?! Qual é a possibilidade? Estou farto de me conservar inactivo e fechado a sete chaves!...

— Calma! — recomendou-lhe Burton libertando-se dos seus braços e dirigindo-se ao armário-bar. Preparou dois *whiskies* e estendeu um a Pedro. — Todos os dias, ao anoitecer, uma furgoneta da Casa Harlen dirige-se à quinta de Haymes, a fim de transportar flores para Londres, para serem vendidas ao público no dia seguinte. Nessa furgoneta segue apenas o motorista. — Burton ingeriu alguns golos de bebida, e prosseguiu: — Como não podemos confiar em ninguém, só temos um caminho a seguir...

— Qual é o caminho?

— Assalto... Assalto sem ideias criminosas — acrescentou rapidamente. — Uma espécie de representação de uma cena de um filme policial! Você é escritor; tem obrigação de imaginar...

— Exponha-me o plano, Sam — cortou Pedro.

— *Okay*... já que estou metido nisto até à ponta dos cabelos! A ideia é esta: vamos para as imediações da Casa Harlen esperar a saída da furgoneta. Logo que a virmos partir, tomamos-lhe a dianteira e vamos esperá-la na estrada...

Às 17.45h, Pedro e Sam, dentro do carro deste, observavam a furgoneta azul estacionada em frente da casa de flores. De um lado e de outro, na carroçaria, estava escrito: CASA HARLEN — *Florista — Londres*.

Pedro e Sam acenderam simultaneamente os cigarros, sem desviarem os olhos do seu objectivo.

Às 17.55h, um homem trajando um fato-macaco cinzento, com um boné da mesma cor, entrou na furgoneta e pôs o motor a funcionar.

Sam carregou no acelerador e ultrapassou o outro a uma velocidade não permitida pelas regras de trânsito.

Mais tarde, quando alcançaram a estrada, travaram no melhor local, puseram ambos óculos escuros e aguardaram, tensos, com os olhos postos no espelho retrovisor.

Finalmente, cerca de dez minutos mais tarde, a furgoneta surgiu na curva da estrada, cem metros atrás deles.

Saltaram ambos do carro e, um de cada lado deste, começaram a esforçar-se para o empurrar.

Perceberam que a furgoneta abrandava a marcha à medida que se aproximava deles e, depois, sentiram os travões guinchar e escutaram uma voz:

— Eh, vocês! Há alguma novidade?

Sam voltou a cabeça e fitou o motorista.

— Há, sim — disse ele. — Tem aí um *macaco*?

— Se é só de um *macaco* que necessitam, estão safos! — disse o homem, com uma risada. — Vou aí ajudá-los. — Saiu da furgoneta e aproximou-se dos dois. — Aqui têm o... — calou--se, quando viu a arma que Pedro empunhava e começou a levantar os braços.

— Entra para o nosso carro e despe o fato — ordenou Sam. — Não temos a mínima intenção de te fazer mal; pode ser até que amanhã recebas uma «condecoração» por teres colabora-do connosco.

O homem entrou no carro e Sam fechou-lhe a porta. Pela janela aberta, disse-lhe:

— Tens aí uma camisola e umas calças para vestires.

— O que é que vocês pretendem? — perguntou o homem, principiando a despir o fato.

— Colher flores, na verdadeira acepção da palavra — escla-receu Sam. — Mas espero que possamos chegar a um acordo, amigo. Mexe-te!

Um pouco depois, Sam passou a Pedro o fato-macaco e o boné do motorista. Pedro entrou na furgoneta e, minutos mais tarde, quando reapareceu cá fora, estava perfeitamente equipa-do.

Sam observou-o dos pés à cabeça e comentou:

— O disfarce está bom, mas não tire os óculos escuros... Bem, o tipo costuma entrar na quinta e conduz a furgoneta até para além do edifício residencial. Faça o mesmo e encontrará uma casa de um só piso, um armazém, onde um dos jardineiros de Haymes procederá ao carregamento das flores; a guia de remessa ser-lhe-á passada por esse mesmo tipo. Se ele o estranhar diga-lhe que é um empregado novo da *Harlen* e que está a colaborar com Charles.

— Charles é o nome...

— ...do tipo que assaltámos. A sua oportunidade surgirá precisamente no momento de carregar as flores. Diga ao jardineiro que tem uma mensagem do seu patrão para entregar pessoalmente a Miss Hunter ou a Mr. Haymes. Isto já aconteceu com Charles, por mais de uma vez, e o jardineiro que o atendia mandava-o procurar Jean Hunter ou Haymes enquanto carregava a furgoneta. Tem aqui a nota de encomenda. — Sam estendeu-lhe uma requisição numa folha de papel timbrado da Casa Harlen.

— E quanto a Charles?

— Não se preocupe. Vou ter uma longa conversa com ele, durante uma hora e meia, o máximo, o tempo de que você pode dispor a partir de agora. O local de encontro é este; quem chegar primeiro simulará uma avaria qualquer no carro, de modo a justificar uma paragem em plena estrada. *Okay*?

— *Okay* — respondeu-lhe Pedro, com um sorriso nervoso.

— Desapareça... e felicidades!

Sam espalmou-lhe a mão nas costas quando ele se voltou, a caminho da furgoneta.

Conduzia sob uma tensão crescente, à medida que se aproximava de Eton e da propriedade de Christopher Haymes. Todos os seus nervos ficaram num feixe, as mãos húmidas deslizando-lhe sobre o volante, quando avistou o portão da entrada e se recordou da cena recente que ali vivera, durante a qual a sua existência estivera presa por um fio!

Não via vivalma, mas *sentia* que vários pares de olhos estavam a observá-lo, mais exactamente, a observar os movimentos da furgoneta que, diariamente, se dirigia à quinta de Haymes.

O contacto da arma, colocada entre o blusão e a camisa, dava-lhe, contudo, uma sensação de segurança e conforto. Sam tinha-lhe recomendado prudência mas ele podia necessitar da .45 de um momento para o outro! As informações fornecidas por Sam sobre o motorista de Haymes haviam-lhe aguçado a curiosidade; pedia a todos os santos para o encontrar...

Entrou no jardim, lentamente, observando o edifício com atenção, e conduziu para o seu lado direito.

A fronteira estava passada!

O pára-brisas da furgoneta era como um *écran de cinemas-cope*; o cenário, extenso e fundo, deslocava-se do seu ângulo de visão, à medida que avançava.

Longe, a uma centena de metros, encontrava-se o edifício--armazém. Seguiu nessa direcção e travou junto de um homem idoso que trajava uma blusa de xadrez e calças de cotim cinzentas.

— Viva, Char... Quem é você?! O que é feito de Charles? — perguntou-lhe o homem assomando à janela da furgoneta.

— Sou novo na casa. Charles estava sobrecarregado de serviço — sorriu Pedro. — Hoje coube-me a vez. — E, sem perder tempo, estendeu-lhe a nota de encomenda.

O velhote leu-a e comentou:

— Não podemos fornecer hoje todas as rosas que vocês aqui pedem, mas vamos ver o que se pode arranjar. O resto está bem...

— Tenho um recado para entregar pessoalmente a Miss Hunter ou a Mr. Haymes — disse Pedro. — É um recado do meu patrão.

— Charles já sabia o caminho para o escritório. Você...

— Irei lá ter, se o senhor me disser onde é.

O velhote sorriu.

— Está bem, rapaz. Deixas aqui a carripana para eu adiantar serviço. Vai até à parte da frente do edifício e contorna-o até ao lado oposto a este. Pode ser que a porta envidraçada do escritório esteja aberta e que Mr. Haymes ou Miss Hunter se encontrem lá... Duvido de que o patrão te queira receber; ninguém lhe pode dirigir palavra de há uns dias para cá, e compreende-se que

211

assim seja... Caso não os vejas, toca à campainha da entrada e diz ao mordomo o que pretendes. Entendido?

— Perfeitamente, e obrigado.

— Vai lá, então, enquanto atendo a encomenda.

Pedro saltou da furgoneta e afastou-se. Porém, ao principiar a contornar o edifício, o portão da garagem, aberto, despertou--lhe a atenção.

Olhou para dentro e viu um *Bentley* e um *A-40 grenat*.

«Se a garagem está aberta, é natural que o motorista não se encontre longe», pensou, enquanto prosseguia o seu caminho de acordo com as instruções do jardineiro.

Ao virar para o outro lado do edifício, ouviu o rumor de vozes muito perto e sentiu os passos de alguém que se aproximava. Curvou-se rapidamente baixando a cabeça e simulando atar o cordão do sapato.

Enquanto remexia no atacador, observou, por sob a pala do boné, as pernas e as mãos de um homem que avançava na sua direcção.

Já a curta distância, esse homem parou, mas Pedro, na posição em que se achava, só o via até à cintura.

Uma das mãos do homem moveu-se para a algibeira e reapareceu a seguir, segurando um maço de cigarros. A outra mão retirou deste um cigarro e, depois, ambas desapareceram do ângulo de visão de Pedro.

Mãos bem tratadas e desprovidas de anéis. Mãos inconfundíveis, que jamais esquecerei!

Subitamente, Pedro sentiu que aquelas eram as mãos que tinha observado na casa onde estivera preso, durante o interrogatório que lhe haviam feito.

Não posso levantar a cabeça! Este tipo não me deve ver!...

— Olá, Charles! Como vai isso? — perguntou-lhe o homem.

— Vou andando — respondeu Pedro, sem erguer o olhar. As pernas voltaram a mover-se e o homem desapareceu na esquina do edifício.

Pedro respirou fundo e retomou a marcha.

A porta envidraçada do escritório encontrava-se aberta.

Sentado a uma secretária, estava aquele que devia ser Christopher Haymes.

— Mr. Haymes? — perguntou Pedro, não se atrevendo a entrar.

O homem sentado à secretária ergueu os olhos e fitou-o sem interesse.

— O que deseja? — inquiriu.

— Falar-lhe, Mr. Haymes. O assunto é urgente e absolutamente confidencial...

— Chamarei a minha secretária para que o atenda. Não estou disposto a discutir negócios neste momento. — Voltou-se para premir o botão da campainha.

— Espere um momento, Mr. Haymes — pediu Pedro, e tirou os óculos escuros. — Reconhece-me?

Christopher Haymes ergueu-se bruscamente, como se uma mola o tivesse impelido a fazê-lo.

— Por Deus! — exclamou. — Como conseguiu entrar aqui?! Há polícias espalhados por todos os lados, na quinta...

Pedro voltou-lhe as costas, por um momento, para que Haymes lesse o letreiro Casa Harlen, e tornou a encará-lo.

— Vi-me forçado a assaltar o motorista da Casa Harlen para entrar aqui, Mr. Haymes. Podemos falar em particular? Não disponho de muito tempo.

Saindo de uma momentânea imobilidade, Haymes apoiou-se na bengala, atravessou o escritório e fechou a porta envidraçada que dava para o jardim. Depois, deu uma volta nas chaves das duas portas interiores e tornou a dirigir-se à secretária, levando a mão ao telefone.

Pedro empunhou a arma, encostou-lha às costas e segurou-lhe o pulso com brusquidão.

— Para onde vai telefonar? — perguntou-lhe por entredentes.

— Para a Scotland Yard, evidentemente... Não posso consentir que o senhor continue a arriscar a vida estupidamente! Pode haver mais alguns homens aí fora, homens que não são da Polícia, com desejo de o liquidar...

— Oiça, Mr. Haymes — disse Pedro continuando a segurar-
-lhe o pulso. — Se não larga o telefone serei obrigado a disparar; nunca disse uma verdade tão grande na minha vida! Se
telefonar para a Polícia, a minha mulher será morta... Além
disso, não tenho arriscado a vida inutilmente: penso *poder acusar* o assassino da sua filha.

Com visível relutância, Haymes largou o aparelho.

— Não tenho outro caminho a seguir senão ouvi-lo. Mas o
senhor está completamente doido! Como julga possível desprezar o auxílio da Polícia?!

— Não se trata de um capricho, Mr. Haymes, mas sim de
uma necessidade premente. Se não actuar com a maior prudência, a vida da minha mulher correrá perigo. Não sou parvo ao
ponto de me julgar apto a dispensar a ajuda da Polícia!

— Compreendo a sua situação melindrosa — concordou
Haymes, pensativo. — Mas, dado que julga poder acusar o
assassino de Wanda, não lhe teria sido possível contactar indirectamente a Scotland Yard?

— Possível, talvez, mas demasiadamente arriscado enquanto não me sentir absolutamente seguro, Mr. Haymes. Não posso
conservar-me aqui mais do que alguns minutos; tenho que
regressar na furgoneta a Londres. O meu contacto com a Polícia depende de poder contar ou não com a sua colaboração.

— Colaboração?! Que género de colaboração?

— Quando lhe telefonei, o senhor estava interessado em
ouvir-me...

— Estava tão interessado como agora, pode crer. Contudo,
a sua situação era diferente nessa altura; o senhor ainda estava
a ser perseguido como um lobo faminto. Agora, não quero contribuir para o seu fim, muito embora me sinta grato pela sua
persistência em tentar descobrir o assassino de Wanda! Deixe-
-me pedir o auxílio do inspector Friedman.

— Pedi-lo-emos na altura devida, Mr. Haymes. De modo
algum neste momento!... Confia inteiramente no seu motorista?

— Em George?... O senhor também...

— Também o quê, Mr. Haymes?

Christopher Haymes calou-se, mas fê-lo tarde de mais. Er-gueu-se, olhou para a janela e para as duas portas do escritório e avançou na direcção de Pedro. Pousou-lhe a mão no ombro e agitou a bengala na mão oposta, com evidente nervosismo.

— Que provas tem contra George? — inquiriu, visivelmen-te intrigado. — Vou revelar-lhe uma confidência do inspector Friedman... A noite passada, dois técnicos da Scotland Yard estiveram a recolher as impressões digitais de George, na gara-gem! Entretanto, custa-me a acreditar...

— Tive a confirmação das minhas suspeitas ainda há pou-cos minutos, Mr. Haymes, quando me cruzei com o seu moto-rista. Apostava a própria vida em como foi ele quem me inter-rogou há dias...

— Não tem a certeza de o ter reconhecido?! Não lhe viu a cara?

— Não. Nem na ocasião do interrogatório, nem há pouco. Somente as suas mãos me são familiares; observei-as o tempo suficiente para as fixar, para nunca mais me esquecer delas. Além do mais, Mr. Haymes, o seu motorista é *canhoto*. Vi-o reti-rar um cigarro do maço fazendo exactamente o contrário do que costumamos fazer: *a mão direita segurava no maço e a esquerda retirou deste o cigarro*.

— A atitude do inspector Friedman e as suas suspeitas, aliadas a esses pormenores, pesam de mais contra George! — admitiu Haymes. — Conte-me o que sabe desde o princípio do caso, porque me sinto verdadeiramente inclinado a auxiliá-lo; é quase meu dever fazê-lo.

— Peço-lhe que o faça, Mr. Haymes. Não vejo outra solução para salvar a minha mulher e pedir, depois, o auxílio da Polícia. Desde que consigamos armar uma cilada...

— A George? — interpôs Haymes pensativamente. — Tal-vez isso seja possível... Mas preciso de o ouvir primeiro; não me parece aconselhável montar uma ratoeira sem fundamentos sólidos.

— Vou contar-lhe o que vi, Mr. Haymes, mas terei de o fazer em poucos minutos; o seu jardineiro já deve ter carregado a fur-goneta...

— Não se preocupe com isso. Vou comunicar com ele por intermédio da extensão interna. Dir-lhe-ei que está aqui comigo e que ainda se demora.

E Haymes levantou o auscultador do telefone da rede interna...

George Martin atravessou o pequeno bar e entrou na cabina pública. Charles, da Casa Harlen, nunca teria correspondido ao seu cumprimento com a frase lacónica de «Vou andando». Charles ter-lhe-ia exibido um dos seus característicos sorrisos e teria largado uma das suas habituais e irónicas obscenidades! Além disso, Charles costumava estender-lhe a mão e Martin nunca o tinha visto de óculos escuros!...

Marcou o número e aguardou que o atendessem. Ao ouvir a voz de Mike, a sua ordem foi transmitida sem preâmbulos:

— Tens alguém que te substitua?

— Tenho.

— Mete-te no carro e vai para a estrada Eton-Londres, para as imediações da rua que conduz à propriedade de Christopher Haymes. Deves seguir a furgoneta da Casa Harlen, compreendes? Eu nada posso fazer aqui, nem me é possível sair neste momento.

— Perfeitamente — disse Mike.

— És um bom cão de fila! A furgoneta transporta, se não estou enganado, um osso que não trocarias por qualquer outro no mundo. Fareja todos os seus passos, certifica-te de que não estou realmente enganado; quando chegares a essa conclusão, o osso é teu mas trá-lo para eu o ver, antes de o «roeres»; é claro, caso não te vejas forçado a roê-lo antes disso!

— *Okay* — respondeu Mike rejubilando de prazer.

— Não actues no caminho. Ataca somente em lugar seguro.

Martin não voltou a ouvir a voz de Mike; escutou simplesmente o sinal de desligar. Depois, saiu da cabina e tornou a atravessar o bar.

216

XXII

Pedro conduzia a furgoneta, de regresso a Londres. Tornara a vencer os *invisíveis* obstáculos colocados na propriedade de Christopher Haymes!

Pela primeira vez, ao fim de cinco dias vividos sob o domínio do medo e da obsessão, sentia que o desfecho do estranho caso de Wanda Haymes se aproximava.

No espelho retrovisor, viu os dois carros que o seguiam; um deles era um *Rover* e o outro um *MG*. Chegou a pensar na hipótese de estar a ser seguido, mas o carro de Samuel Burton, parado junto da berma da estrada, duas centenas de metros à frente, fê-lo esquecer essa ideia. Sam estava debruçado sobre o motor aberto...

Pedro desviou a furgoneta para a esquerda dando passagem ao *Rover* e ao *MG*; qualquer deles ultrapassou-o a grande velocidade.

Travou a furgoneta um pouco atrás do automóvel de Sam.

— Tudo bem? — inquiriu Sam passando-lhe o fato através da janela.

— Não houve incidentes — disse Pedro segurando no fato.

— Mude de roupa depressa, nesse caso. Charles é um tipo fixe; está tudo arranjado com ele.

Minutos depois, Charles partiu na furgoneta e Pedro e Sam seguiram novamente no *Morris* deste último.

— Haymes vai colaborar — disse Pedro denotando certa excitação na voz. — Prepararemos uma cilada a George Martin.

— Sim?

— Já não tenho dúvida alguma.

— De quê?

— De que as provas contra Martin são flagrantes!

Sam emitiu um assobio e comentou:

— Friedman é um tipo com miolos. Não se preocuparia com as impressões digitais do motorista, sem fundamento.

Pedro sorriu, por sua vez.

— Depois de armada a cilada — disse ele —, o contacto oficial com a Scotland Yard poderá ser estabelecido.

— Mas qual é a cilada? — interrogou Sam, visivelmente interessado.

— É esta...

Mike travou o *Rover* atrás da furgoneta e em frente da Casa Harlen. A única coisa que estranhou foi ter visto Charles, *ele próprio*, sair da furgoneta e não o homem — o seu osso, como lhe havia dito o patrão — que trajava um fato idêntico ao de Charles e que usava óculos escuros. Levou alguns minutos até concluir que tinha sido ludibriado depois de ter ultrapassado a furgoneta, na estrada. *Tinha havido uma troca de personagens!*

Agora, a única solução era abordar Charles, obrigá-lo a confessar...

Sem hesitar um só segundo, Mike saiu do carro, entrou naturalmente na furgoneta e saltou o banco escondendo-se, depois, atrás deste, no local destinado à carga.

Escoou-se cerca de uma hora antes que Charles regressasse à furgoneta a fim de a conduzir para a garagem privativa da casa. Mas quando isso aconteceu e o carro entrou em marcha atrás na obscura garagem, Mike encostou o cano da arma à nuca do motorista.

Charles estremeceu, mas não se arriscou a olhar para trás.

— Sai e encosta-te à parede. Não caias na asneira de voltar a cabeça.

O outro obedeceu e Mike saltou novamente o banco e colocou-se por detrás do motorista.

— Não tentes nenhuma graça, senão faço-te voar os miolos

— disse o outro. — Diz-me o que sabes acerca do parceiro com quem trocaste de lugar, na estrada.

Apressadamente, com as palavras entrecortadas por uma respiração difícil, Charles falou e Mike concluiu o interrogatório com o aviso:

— Se deres *à dica*, mato-te; dentro de horas ou de dias!

Depois, erguendo o braço, desfechou dois golpes com a coronha da arma no crânio do motorista.

Charles deixou escapar um gemido, deslizou ao longo da parede e caiu para trás.

Lucy Taylor estava bêbeda, mas não ao ponto de a vista se lhe ter turvado. Acabara de ver Mike, aquele imundo filho de uma cadela, aquele nojento escroque que vinha recordar-lhe um passado que desejava esquecer no mais profundo da sua alma! Fechou a janela, sentindo pequeninas gotas de suor frio aflorarem-lhe à fronte. Não podia ceder... *não devia fraquejar!* Amava Sam e desejava ardentemente voltar a ser uma mulher feliz. Mike não podia atravessar a porta do seu apartamento; caso o fizesse, ela estaria perdida, talvez perdida para sempre: voltaria a afundar-se no lodo...

Cambaleante e trémula, pousou o copo de *whisky* sobre a mesa redonda, ao lado da fotografia de Sam. Num relance leu a dedicatória que ele escrevera ao canto do retrato: *À Lucy, do Sam.* Já conhecia aquela dedicatória de cor e salteado, tantas vezes a lera! Agora, repetia-a de si para si, desprezando a vírgula, como se quisesse agarrar com ambas as mãos um futuro prometido: *À Lucy do Sam.* «Eu sou a Lucy do Sam. Eu quero ser.»

Deu dois passos mais, abriu a gaveta da mesa-de-cabeceira e empunhou o pequeno revólver.

«Não posso voltar para o lodo. Eu sou a Lucy do Sam. Não quero cair outra vez na lama, não quero! Nem quero que aquele porco me mate; ele é capaz de saber que falei!...»

Os olhos encheram-se-lhe de lágrimas, mas não se detê-ve. Não haveria obstáculos para si; não haveria mais nenhum obstáculo depois de abrir a porta do apartamento e passar à escada...

Debruçou-se sobre o corrimão e ouviu o rumor de passos, vindo de baixo; passos cautelosos, como os de um felino.

Principiou a descer a escada; com os mesmos passos cautelosos, como os de um felino...

Quando Mike a viu, antes de atingir o patamar do andar inferior e no momento em que soou o primeiro tiro, abriu a boca num esgar diabólico, não de espanto mas de dor; a bala tinha-lhe atravessado a cabeça. A sua mão grosseira abandonou o corrimão e ele ainda ergueu um pé numa vã tentativa de alcançar o degrau imediato.

Então, Lucy disparou a arma novamente, vezes seguidas, até esvaziar o tambor. Uma a uma, as balas penetraram no corpo de Mike, que rolou escada abaixo embatendo na parede do patamar intermédio.

Eu sou a Lucy do Sam...

Mas Lucy Taylor não sabia que o objectivo de Mike não era a sua pessoa; Lucy nem sequer pensou que Mike nunca soubera o seu endereço. Ignorava por completo que a intenção de Mike era surpreender aqueles que, naquele momento preciso, abriam a porta atrás dela precipitando-se ao seu encontro. Aqueles que talvez lhe devessem a vida: Pedro e Sam...

XXIII

Pedro tinha ouvido, sobressaltado, o movimento dos agentes da Polícia na escada, na noite anterior, subindo e descendo os degraus num vaivém constante. Escutara ordens, ouvira a voz cansada de Lucy Taylor, quando a levaram, e ouvira também o próprio Sam testemunhando o acontecimento numa linguagem fluente, tal como se estivesse a ler uma das suas reportagens diárias. Depois, e gradualmente, a escada ficou silenciosa; tudo passou. Foi como se ele tivesse despertado de um pesadelo...

Agora, vinte e quatro horas mais tarde, após um período de enervante solidão vivido no apartamento de Sam, preparava-se para o encontro marcado com Christopher Haymes, e para fazer parte integrante da cilada que ia ser armada ao assassino.

Quase não existia motivo para tal, mas voltou a sentir o medo que o atormentara seis dias antes, um par de horas depois de ter chegado a Londres.

Tinha passado o dia fumando excessivamente e enchendo os cinzeiros de cinza e pontas de cigarro. Talvez o medo que sentia tivesse a sua justificação no facto de Mike ter aparecido no prédio. Se ao menos ele tivesse subido um lanço de escada mais... Se Lucy não o tivesse morto naquele local!... Teria obtido, assim, uma resposta que satisfaria todos os receios: *o objectivo de Mike era o andar de Lucy ou o de Sam...* Porém, nada disso acontecera; Mike fora morto no *lance de escada errado...*

Mais uma vez, leu o título da reportagem de Sam, publicado na edição matutina:

MIKE SCHULTZER, CADASTRADO COM UMA LONGA PENA CUMPRIDA, QUE

221

SCHULTZER FAZIA PARTE DE UMA ORGANIZAÇÃO DE TRAFICANTES DE DRO-
GAS CUJA REDE É AINDA DESCONHECIDA DA POLÍCIA. A SCOTLAND YARD
ESTÁ A PROCEDER A UM INQUÉRITO...

A campainha do telefone tocou. Pedro levantou o auscultador; era Sam.

— As últimas notícias — disse ele, numa voz pausada. —
George Martin tem cadastro. Cumpriu uma pena de cinco anos
por delitos vários e é exímio em destruir provas. É um dos tais
tipos que a Polícia tem dificuldade em «enjaular». Esteve envolvido num homicídio... mas não foi possível provar a sua culpa-
bilidade!

— Reúne condições óptimas — disse Pedro.

— Sem dúvida — anuiu Sam. — Há ainda outra novidade:
o objectivo de Mike éramos nós; antes de se dirigir para aí, Mike
obrigou Charles a confessar o que se tinha passado e agrediu-o
em seguida. Porém, *Mike não pôde transmitir o que apurou; foi
calado a tempo*, não se esqueça! O facto de ter sido atingido por
Lucy deve estar a provocar desnorteamento na organização,
calculo!

— Partirei para Eton dentro de momentos.

— O carro está estacionado em frente da porta, mas não
saia antes do cair da noite.

— Estou a pensar novamente em Vera e nos miúdos.

— Não pense neles agora, e *good-luck!*

Pedro desligou, mas ficou com a mão pousada no telefone.
Tornou a levantar o auscultador e estabeleceu ligação com a
casa onde estivera preso. Sabia que não voltaria a ouvir a voz de
Mike, o homem que, agora, só poderia encontrar no inferno...
se o inferno existe.

O telefone tocou diversas vezes no outro extremo da linha,
mas ninguém atendeu.

Pedro desligou. Voltou a fazer três tentativas mais, mas o
resultado foi o mesmo.

Aproximou-se da janela e olhou para o cair da noite. O céu estava carregado de nuvens ameaçadoras e escurecia a cada minuto. Abriu as vidraças e uma lufada de ar quente e húmido entrou na sala. A trovoada aproximava-se...

Pegou no revólver, que todo o dia estivera pousado na mesa do telefone. Observou pensativamente as seis balas do tambor e acabou por meter a arma na cintura. Vestiu a gabardina e abotoou-a. Finalmente, saiu do apartamento e desceu a escada.

Chegou à rua e entrou no *Morris* de Sam. Olhou à sua volta, discretamente, ligou a ignição e destravou o carro. Eram 21.10h. Tinha cerca de uma hora para o encontro marcado com Christopher Haymes.

As ruas da cidade estavam quase desertas e sombrias como a noite. Percorreu-as a uma velocidade moderada, velocidade que só aumentou quando entrou na estrada, a caminho de Eton.

Não lhe foi fácil encontrar o desvio de que Haymes lhe falara, no meio da escuridão e da chuva torrencial que tinha principiado a cair. De quando em quando, um relâmpago iluminava grotescamente a noite, mostrando as copas das árvores que ladeavam a estrada. Os limpa-pára-brisas oscilavam na sua frente, como dois metrónomos marcando a passagem do tempo. A chuva, impelida pela força do vento, batia nos vidros em rajadas fortes.

Segurando o volante com ambas as mãos e perscrutando o caminho atentamente, através de todos aqueles obstáculos, Pedro voltou à direita e, depois, conduziu para o lado oposto. Parecia-lhe ser o carreiro de que Haymes lhe falara.

Fez marcha atrás, de modo a que os faróis do carro iluminassem o muro que devia surgir à sua frente.

De facto, não se enganara. O muro encontrava-se a uma distância de cerca de vinte e poucos metros. Por ali, conseguiria atingir a propriedade de Haymes sem correr qualquer risco, salvo o de algum cão de guarda que lhe barrasse o caminho.

Levantou a gola da gabardina e desligou o motor mergulhando imediatamente na escuridão.

Saiu do carro e fechou-o. No mesmo instante, o ribombar de um trovão deu-lhe a sensação de que a Terra se fendera em vários pontos.

Depois de meia dúzia de passos, ficou completamente encharcado. A tarefa de vencer o obstáculo representado pelo muro não foi fácil, mas, colocando cautelosamente os pés nas saliências de algumas pedras conseguiu atingir o cimo e saltar para o outro lado.

«*Agora tenho que seguir sempre em frente. Ultrapassando o segundo muro que vou encontrar, estarei na propriedade de Haymes...*»

A chuva continuava a cair incessantemente, impelida por forte golpes de vento. Pedro calculou ter consumido pouco mais de dez minutos a atravessar a quinta que confrontava com a de Haymes e saltou o segundo muro, este mais fácil de transpor do que o primeiro.

Quando se achou na propriedade de Christopher Haymes, recorreu ao abrigo que lhe oferecia a pala de cimento sobre a entrada do edifício-armazém onde estivera na véspera.

O coração batia-lhe apressado e respirava com dificuldade. Encostou-se à porta, limpou a cara com a manga da gabardina e acendeu o isqueiro dentro da mão aberta em concha. Consultou o relógio: cinco para as dez. Gastaria aqueles cinco minutos a atingir a residência e entraria cuidadosamente no átrio usando a chave que Haymes lhe entregara.

Uma vez dentro de casa, devia entrar no escritório (a primeira porta ao seu lado direito) sem acender a luz. Então, logo que ouvisse as vozes de Haymes e de George Martin, esconder-se-ia atrás do pesado reposteiro da janela. Christopher Haymes teria chamado o motorista a pretexto de que este o conduzisse a Londres. Mas, antes de sair, Haymes faria com que Martin o acompanhasse ao escritório. Seria esse o momento em que Pedro devia aparecer e acusar o motorista da morte de Wanda...

Antes de abandonar o improvisado abrigo, Pedro pensou que não era somente nos romances de mistério que as trovoadas, a chuva e o vento serviam de fundo. Aquela cena bem real, que estava a viver, constituía uma prova disso. Tornou a levantar a gola da gabardina e pôs-se a caminho.

Rodou a chave na fechadura e a pesada porta abriu-se na sua frente.

Entrou.

A princípio, chegou a pensar que a sua respiração se ouvia em todo o imenso átrio! Depois, convenceu-se de que o mais insignificante ruído tomaria sempre proporções gigantescas na sua imaginação, naquele momento. Colou-se à parede e caminhou até sentir na palma da mão o contacto frio do fecho da porta do escritório. Dir-se-ia que aquela casa estava deserta, tal era o silêncio que pairava à sua volta!

A porta rangeu levemente, quando Pedro a abriu.

Agora, sentia sob os pés a suavidade da alcatifa do escritório. Acendeu o isqueiro e, acto contínuo, recuou um passo e apagou-o. A chama revelara-lhe um vulto à sua frente. Não sabia bem se os pingos que lhe escorriam da testa eram da chuva ou de suor; talvez fossem uns e outros, ao mesmo tempo.

Dominando-se, e continuando a não sentir o mínimo ruído à sua volta, Pedro procurou recordar-se do que observara no escritório, na véspera. Não, tinha a certeza de que ninguém mais se encontrava ali; o que tinha visto — o vulto — não passara da sua imagem reflectida no espelho colocado sobre o fogão de parede. Estava tão certo disso, que tornou a acender o isqueiro e avançou resolutamente na direcção do fogão.

Verificou com alívio que não se enganara! E, levado por esse mesmo sentimento de alívio, tacteou nos bolsos o maço de cigarros, tirou um e acendeu-o. Mas, imediatamente a seguir, achou que talvez fosse imprudente fumar. Curvou-se, acendeu de novo o isqueiro e atirou o cigarro para o fogão...

Foi nessa altura que viu a bola feita de papel de jornal, no fundo vazio do fogão. A chama do isqueiro permitiu que ele lesse, apesar de deformado pelos vincos feitos no papel, este fragmento de palavra: ASSASSI.

Estendeu o braço para a bola de papel e soprou a chama do

isqueiro, para poupar o gás. Actuando com cuidado, e às escuras, desfez a bola e procurou alisar o melhor possível a folha de jornal. Quando compreendeu que já devia ter conseguido o seu objectivo, acendeu o isqueiro uma vez mais.

A fotografia de Wanda Haymes apresentava-se rasgada, como se tivesse sido odiosamente destruída por garras. *Só o assassino podia ter feito aquilo!...*

O silêncio morreu naquela ocasião. Apesar de insignificante, o ruído foi apreendido por Pedro, vindo do seu lado esquerdo. Era um miar indolente; um lamento que ouvira dias antes, tal como se aquele animal estivesse a ver o retrato de Wanda!

Os olhos do gato preto brilharam na penumbra, mas, depois, todo o seu pêlo sedoso se tornou visível à luz que alguém acendera algures, num recanto do escritório.

Pedro não tinha ouvido vozes; nem a de Haymes, nem a de Martin... E agora, a imagem que se reflectia no espelho não era a sua: *era a do assassino*! Como se a noite quisesse assinalar a sua entrada em cena, o vento sibilou e fustigou os vidros de mil e uma gotas de chuva...

Estava ali a revelação do negativo do instantâneo que o aparelho visual de Pedro captara; uma revelação em espelho diferente; mas uma revelação, de qualquer modo: a mão esquerda apontando-lhe a arma, enquanto a outra mão se apoiava não num guarda-chuva mas *numa bengala de cabo dourado*!

— A cilada! — sorriu Christopher Haymes com cinismo. — Não haverá vozes, a não ser as nossas; as nossas, que não serão ouvidas para além destas paredes. Estamos num túmulo; eu, tu, esse agoirento gato e... mais alguém. Atira para aqui a arma que trazes contigo.

Pedro obedeceu. O revólver que tinha pertencido a Mike deslizou, sem causar ruído, sobre a alcatifa, até aos pés assimétricos de Haymes.

— Vou matar-te — anunciou Haymes, sem preâmbulos. — Mas talvez queiras satisfazer completamente a tua curiosidade, a obsessão que te trouxe até mim... Vou gostar de falar; nunca desabafei com ninguém e sinto necessidade de o fazer antes de acabar contigo.

Christopher Haymes sentou-se no *maple* e conservou a pistola firmemente apontada a Pedro.

— Tu próprio me ofereceste a grande oportunidade! Lamento que tenhas sido ingénuo, como lamento todos os fracos! Assim como aprecio a frescura e o perfume de uma rosa, desprezo as flores que murcham entre as viçosas; destruo-as. Os fracos não vingam neste mundo!

«Nunca amei Wanda como filha; ela não era *carne da minha carne nem sangue do meu sangue*. Quem a quis trazer para cá foi a minha mulher e eu concordei com a ideia porque ela era doente e estava condenada a não durar muito tempo. Mas, depois, enquanto Wanda, uma rosa fresca e viçosa, crescia, Claire murchava dia após dia. O contraste flagrante entre estas duas flores fez-me apreciar Wanda sob um aspecto muito diferente, com sentimentos que nada tinham a ver com os de pai adoptivo... Por que motivo não poderia vir ela a ser minha mulher, depois de Claire desaparecer? Não era a diferença de vinte anos, entre nós, que constituía obstáculo. Portanto, quando a rosa murcha morresse no *meu* canteiro eu poderia colher a rosa fresca e viçosa!

Pedro olhou para o orifício negro do cano da arma, que se mantinha voltado para si. O gato preto esfregava delicadamente o lombo nas suas pernas, como se o conhecesse bem e o quisesse confortar...

— O pior de tudo, o que eu nunca esperei que pudesse acontecer — prosseguiu Haymes —, foi o facto de Wanda ter visto sempre em mim um pai; um pai que não a amava senão como mulher! Só quando soube que ela queria casar com aquele imbecil do Gilbert avaliei bem o quanto a amava!

«Tentei aceitar a ideia de ver Wanda casada com Gilbert... mas passei noites e noites em claro sem me conformar com isso. Cheguei ao ponto do desespero e, uma vez, confessei a Wanda o meu amor. Sabes como reagiu ela?

Pedro abanou a cabeça.

— Riu-se! A princípio pensou que eu estava a brincar, mas acabou por troçar de mim! Então, proibi-lhe o casamento; disse-lhe que a deserdaria caso insistisse em casar com Gilbert.

Durante uns dias andei desiludido, mas não foi preciso muito tempo para descobrir que Wanda planeava casar secretamente com Gilbert. Contudo, mostrei-me ingénuo, dei-lhe a entender que me convencera de que ela já não amava Gilbert...

«Através de uns auscultadores, ouvi diversas conversas telefónicas entre Wanda e Gilbert e soube que, naquela noite, ela iria encontrar-se com o rapaz e que ambos partiriam para a Escócia, onde casariam. Uns dias antes, dei ordem a George Martin...

— Qual é o papel de Martin neste caso? — arriscou Pedro.

Haymes sorriu.

— Dirijo em Inglaterra uma organização que vou abandonar esta noite, depois de te matar... Sim, foi precisa uma boa dose de imaginação e umas horas de sono perdidas para conceber um plano perfeito.

«Tive sempre o cuidado de não passar de um fantasma para os homens que trabalham para mim, à excepção de Martin; é sempre indispensável que exista um lugar-tenente de confiança para transmitir e executar ordens. Martin foi aquele que escolhi para esse fim e, para facilitar os nossos contactos, ficou sendo meu motorista. Sabes o que concebi, então?

Pedro voltou a abanar a cabeça.

— Comecei a convencer Martin de que desconfiava de Wanda, disse-lhe que me parecia que ela tinha descoberto que eu estava metido numa organização de traficantes de drogas, compreendes? Mas não passei daí. Recomendei a Martin que não actuasse senão quando lhe desse alguma ordem nesse sentido... Já odiava Wanda o suficiente para querer ser *eu* a destruí--la; para querer ser eu próprio a apagar do seu rosto aquele sorriso trocista com que me fitava ultimamente!

«Antes daquela noite (da noite em que eles se deviam encontrar para fugir) dei ordem a Martin para apanhar Gilbert (dizendo que ele estava associado a Wanda para nos denunciar) e mandei-o matar depois disso.

«Na noite prevista, inspeccionei o carro de Wanda: no porta--bagagens encontrava-se uma mala com as roupas indispensá-veis para uma viagem (talvez ela pensasse que eu lhe perdoaria e que voltaria a recebê-la nesta casa!). Esse maldito gato (que ela adorava como a um ser humano) estava também fechado no carro; Wanda queria levá-lo consigo. E chegou mesmo a levá-lo; quando Martin encontrou o carro, perto de Leicester Place, uma das janelas estava aberta e o gato encontrava-se no assento da frente.

«Jantei em Londres e estive no banco antes de ir esperar Wanda em Leicester Place, nas imediações da residência de John Gilbert. Quando cheguei lá, vi-a sair da casa, mas como a luz ficou acesa depreendi que voltaria. Entrei e vi o bilhete que ela tinha deixado a Gilbert, que dizia isto, mais ou menos: *Tenho esperado ansiosamente por ti. Já fui duas vezes ao Aracena e, de lá, telefonei para o teu escritório; disseram-me que não apareces desde ontem. Estou intrigada! Vou mais uma vez ao bar e volto aqui. Se chegares antes de eu regressar, não saias, espera por mim. Partiremos esta noite, como combinámos; estou pronta para o fazer. — Wanda...* A minha memória é de ferro; creio que fixei todas as palavras!

«Bom. Limitei-me a aproveitar este texto, que copiei numa folha de papel modificando-o ligeiramente e acrescentando o suficiente para que Martin ficasse convencido de que Wanda e Gilbert estavam preparados para me denunciar. E, a partir daí, esperei pelo regresso de Wanda.

«Era uma pena destruir aquela rosa cheia de vida e de frescura admirando-se no espelho, observando a beleza que estava destinada a Gilbert! Mas os meus olhos passaram a ver nesse mesmo espelho uma flor murcha que devia ser arrancada da terra e destruída. Matei-a!

— E, quando saiu, viu-me entrar na escada, não foi?

— Nunca pensei que viesses a ser tão persistente!

— Julga que me afastaria do caso com um simples pontapé, agredindo-me com essa sola grossa e invulgar, que me pareceu uma barra de ferro...?

— Tive que actuar rapidamente e receei que, se usasse a bengala, me desequilibrasse e deitasse tudo a perder.

— A bengala que eu sempre tomei por um guarda-chuva, Haymes! Lamento só agora dar pelo meu erro... Só neste momento chego à conclusão de que um coxo de nascença, ou pelo menos de longa data, *usa sempre a bengala na mão correspondente ao membro são e não na mão correspondente ao membro doente...*

— É lógico que assim seja — disse Haymes num tom de voz calmo. — Muita gente pode pensar o contrário, mas o facto é que, ao pousar no chão o pé do membro doente, e usando a bengala na mão do lado oposto, quando se caminha, o peso do corpo é distribuído com maior equilíbrio entre essa perna e a bengala, em vez de cair todo sobre o lado doente, na hipótese contrária.

— E, por isso mesmo, tomando o seu caso para exemplo, as pessoas nas suas condições (que usam a bengala na mão direita) têm uma tendência natural para executarem com a mão esquerda o que, noutras condições, fariam com a direita.

— Não és tão parvo como a princípio supus! — observou Haymes. — De lamentar, *para ti*, o facto de teres raciocinado tão tarde!... Sim, eu tinha absoluta necessidade de estar preparado para todas as eventualidades, para todas as surpresas; sem bengala, sinto-me quase como se não tivesse a perna. Foi por esta razão que disparei com a mão esquerda; caso Wanda escapasse, precisava de a seguir, ou, na pior das hipóteses, de fugir.

Pedro iniciou o gesto de retirar o maço de cigarros da algibeira, mas Haymes não lho permitiu concluir.

— Fuma uma cigarrilha — disse ele abrindo a caixa que se achava sobre a secretária e atirando-lhe uma. — *Na hora final*, tens direito a isso.

Não houve problemas para acender a cigarrilha, pois Pedro mantinha o isqueiro na mão.

— Por que motivo vai abandonar a organização que dirige? — perguntou Pedro, por entre uma nuvem de fumo.

— As tuas perguntas são acertadas... É uma lástima ter de desperdiçar o teu talento, mas não tenho outra saída... Afasta o reposteiro daquela janela.

Pedro aproximou-se do cortinado e correu-o até meio, a medo. Se fosse mulher, teria certamente gritado! Recuou um passo, ante o cadáver de George Martin. Uma faca de cortar papel tinha-lhe sido enterrada nas costas, até ao cabo.

— Vês o motivo por que só podias ouvir as nossas vozes, a minha e a tua, *não* a do Martin? — disse Haymes, com um assustador à-vontade. — Falta elucidar-te sobre a parte final do meu plano; tens ainda «meia cigarrilha» de tempo para me escutares!

«Liquidei-o ainda não há uma hora — prosseguiu apontando para o corpo de Martin. — A coisa será simples, agora. Direi à Polícia que ouvi as vozes, *a tua e a de Martin*, porque Martin teria certamente suspeitado de que lhe tínhamos armado uma cilada. Entrei então cautelosamente por aquela porta — indicou a porta situada perto da secretária —, mas não o fiz a tempo de evitar que ele (empunhando a minha própria arma, que retirara da gaveta da secretária) te matasse. Martin, de costas para mim, disparou a arma no momento em que eu pegava na faca de cortar papel. Então, só tive tempo de o apunhalar para evitar que continuasse a disparar contra ti e que me matasse também... Nunca suspeitarão de mim; a própria Polícia descobriu que Martin era um cadastrado e era canhoto e, além disso, *tu próprio* o tomaste como o assassino de Wanda!

«Uma vez calado Martin para sempre, fiquei automaticamente liberto da organização; nenhum dos rapazes me conhece e nenhum deles seria mesmo capaz de se meter em sarilhos.

«Desaparecerão como poeira soprada pelo vento; hão-de ingressar noutras organizações...

— E se ontem eu tivesse permitido que ligasse para a Polícia?

— Isso está fora de causa. *Nunca* terias consentido que eu usasse o telefone para o fazer! Portanto, só ganhei com o facto de representar uma cena convincente; ganhei a tua confiança...

— Você é um psicopata, um tipo cheio de complexos...

Haymes disparou, antes que Pedro concluísse a frase; premiu o gatilho três vezes seguidas e uma fina coluna de fumo elevou-se do cano da arma.

Pedro vacilou entre um pé e o outro, contorceu a boca num *rictus* mortal e levou as mãos ao peito. Depois, encostou-se ao fogão e caiu para a frente.

O gato preto emitiu um miar agudo e forte, arqueou o lombo e eriçou o pêlo sedoso; *como se acusasse o assassino...*

Christopher Haymes debruçou-se sobre o corpo de Pedro, voltou-o e remexeu apressadamente nas roupas encharcadas. Quando viu as manchas de sangue na camisa, sobre o lado esquerdo do peito, serenou. Em seguida, arrastou o corpo para defronte da secretária e colocou-o a cerca de cinco metros desta, novamente de bruços.

Afastando depois o cortinado, o suficiente para proceder à operação seguinte, arrastou o cadáver de Martin para junto da secretária e meteu-lhe a arma na mão esquerda. Antes de o fazer, tinha limpo as suas impressões digitais. Martin não o viera procurar armado, pois estava com o trajo de motorista, a desempenhar no momento esta faceta da sua dupla personalidade.

Haymes ficou a suar, depois do esforço despendido sem o auxílio da bengala, e já lhe tinha sido difícil colocar a arma na mão de Martin, felizmente ainda morna.

Voltando a amparar-se na bengala, decidiu completar a sua obra. Dirigiu-se ao fogão, pegou na folha de jornal, dobrou-a e meteu-a na algibeira do casaco. Colocou, em seguida, a cigarreira de Pedro no cinzeiro e observou o quadro com a atenção de um perito.

Não havia falhas. Levantou o auscultador do telefone externo e estabeleceu ligação com a Scotland Yard. Numa voz apropriada ao momento, pediu para falar urgentemente com o inspector Andrew Friedman.

Ao reconhecer a voz de Friedman, principiou, com nervosismo:

— Acaba de acontecer uma coisa horrível...

E, em poucas palavras, contou o que tinha acontecido.

— Sucedeu, afinal, o que sempre temi — comentou Friedman. — Vou imediatamente para aí.

Haymes desligou, correu os cortinados e abriu a porta envidraçada do jardim.

Chovia ainda torrencialmente e o vento gemia ao longe...

XXIV

O *imediatamente* do inspector Friedman correspondeu, com exactidão, a uns escassos cinco minutos. Era impossível cobrir a distância Londres-Eton naquele espaço de tempo...

...Mas Friedman e Brackett, acompanhados por detectives e peritos da Secção de Homicídios, e pelo repórter Samuel Burton, apareceram na residência de Haymes como se tivessem sido trazidos por um golpe de vento ciclónico.

Brackett não se fez rogado para colocar um par de algemas nos pulsos de Haymes que, de rosto sombrio sulcado de rugas mais profundas do que nunca, foi incapaz de exprimir um simples protesto.

O sorriso que bailava nos olhos e nos lábios de Friedman não condizia com o cenário. Era o sorriso do homem que vê coroada de êxito uma missão, que saboreia a vitória ao fim de dias e noites consumidos numa luta sem tréguas travada contra o Mal.

O inspector pensou no milagre operado por Jesus Cristo a Lázaro, sem o mínimo desrespeito; lembrou-se de essa passagem da Bíblia, quando se voltou para Pedro.

— Pode levantar-se, Mr. Castro. O último acto findou! — disse ele.

Pedro ergueu-se ante o olhar aterrado de Haymes.

— Ele não chegou a raciocinar demasiado tarde, Haymes! — esclareceu Friedman. — Ontem, *pela primeira vez* defronte de si, sentiu a presença do assassino e descobriu a confusão que estabelecera entre a sua bengala e um guarda-chuva!

«Por intermédio do jornalista Samuel Burton — Friedman

indicou Sam com o polegar — Mr. Castro entrou em contacto connosco há pouco mais de vinte e quatro horas, depois de o ter deixado, Mr. Haymes, *depois de sair daqui pressentindo que o senhor era, realmente, o assassino da sua filha; da sua filha adoptiva*, o que afastava qualquer relutância da nossa parte em o aceitar como autor do crime! Além disto, Mr. Castro enviou--me, por intermédio de Samuel Burton, um pedaço de tecido com uma mancha de sangue de John Gilbert, o que prova que ele foi morto pelos seus acólitos.

«Por outro lado, as suspeitas de Mr. Castro vieram ao encontro das minhas...

Christopher Haymes exibiu uma expressão de espanto.

— Sim, Haymes — prosseguiu Friedman, com um leve sorriso. — Quando aqui estive, há três dias, o senhor cometeu um erro grave. Ao referir-se a John Gilbert, disse: «Gilbert *era*...». Ora se o noivo da sua filha estava dado apenas como desaparecido, ninguém podia mencioná-lo como se já não existisse... a não ser uma pessoa que soubesse que ele *estava morto*! Acrescentei algumas reticências à minha suspeita, pois ainda admiti um lapso da sua parte. Mas o facto é que me senti desde logo inclinado a pô-lo à cabeça da paupérrima lista de suspeitos que conseguira até então. Nunca tinha notado, na verdade, que o coxo de nascença ou de longa data (ao contrário do indivíduo que fracturou acidental e temporariamente um membro inferior) usa a bengala, onde se apoia, na mão do lado oposto ao doente. E o interessante, Haymes, é que o bolso interior do casaco de um homem, destinado, geralmente, a guardar o maço de tabaco ou uma cigarreira, é feito no lado esquerdo: a maioria das pessoas tem-no aí. Mas o senhor, que se habituou a empregar a mão esquerda no exercício de grande parte das suas actividades, dado que uma das principais funções da direita é o apoio e manejo da bengala, *usa esse bolso no lado direito do casaco*. Quando recebi, neste mesmo escritório, um telefonema participando-me que o cadáver de John Gilbert fora encontrado, vi-o retirar a caixa de cigarrilhas do bolso, Haymes...

Friedman fez uma pausa e acendeu um cigarro, ao mesmo

tempo que um técnico da Polícia disparava o *flash* fotografando o corpo de George Martin.

— Uma vez estabelecida uma cadeia de pormenores — continuou Friedman — o desbravamento do caminho que nos conduzirá à solução final torna-se fácil, Haymes. — Friedman sorriu. — Os *bluffs* não se fazem somente no *poker*, nem foram inventados para uso exclusivo dos assassinos. A Polícia também faz *bluff*, sempre que é necessário! Na noite do crime, o guarda de giro na área onde se situa o seu Banco viu luz acesa num dos andares do edifício, mas não o viu sair, Haymes; *viu-o entrar apenas*. É claro que este facto não significa que o senhor não tivesse estado no Banco até depois da meia-noite. Contudo, quis colocá-lo numa situação confiante e fiz *bluff*...

Friedman atirou o cigarro meio fumado para o fogão e continuou:

— Uma vez marcado o encontro para esta noite, entre si e Mr. Castro, tivemos somente que estudar e executar um plano que o levasse a confessar o crime; só assim nos parecia possível obter provas para o acusar. Até porque no domínio das suas actividades como traficante, o senhor conseguira uma posição inatacável! Para isto, foi indispensável a colaboração de alguns membros do seu pessoal; Miss Hunter, Jenkins e um dos jardineiros trabalharam connosco com o maior interesse.

«Jenkins, que o serve há muitos anos, sabia que o senhor possuía uma só arma, por sinal uma *Mauser*, e que a mantinha numa das gavetas desta secretária. Tanto Mr. Castro como eu tivemos a sorte de prever que o senhor devia ter concebido um plano para matar Mr. Castro, plano esse que incriminaria certamente George Martin; Martin reunia, como nenhum de nós ignora, condições óptimas para tal: apesar de estar directamente ligado à organização, era cadastrado e canhoto. Todavia, e em boa verdade, não previmos que o senhor o fosse matar...

«Ao fim da tarde de hoje, o carregador da sua arma foi substituído por um outro contendo cápsulas de pólvora seca. Por outro lado, as balas do revólver de um dos seus acólitos, ultimamente usado por Mr. Castro, estavam desprovidas de cápsula deflagrante; não podíamos adivinhar se o senhor iria preferir o revólver à *Mauser*!

«Um pouco antes de entrar aqui, Mr. Castro, seguindo as nossas instruções, sujou a camisa de tinta vermelha, a fim de, mais convincentemente, representar o papel de morto...

Depois de satisfeita em parte a sua curiosidade e diminuída, consequentemente, a sua surpresa, Christopher Haymes ousou dizer:

— Suponha que eu tinha resolvido verificar o carregador antes de disparar, antes de entrar neste escritório, antes de ele aqui chegar? — indicou Pedro com um olhar de desprezo.

Friedman sorriu-lhe.

— O senhor mantinha a arma sempre carregada, na gaveta central da secretária. Não era muito natural, portanto, que tivesse necessidade de verificar o carregador. Entretanto, quisemos proteger seguramente a vida de Mr. Castro, que voluntariamente se dispôs a todos os sacrifícios para salvar a esposa. Como a caixa que contém os novos carregadores se encontra noutra gaveta, foi-nos fácil fazê-la desaparecer.

— Não compreendo, contudo, que isto signifique que eu tenha confessado...

Friedman não consentiu que Haymes completasse a frase. Avançou na direcção dos dois telefones que se encontravam sobre a secretária e levantou o auscultador do da rede interna.

— Está aqui a explicação — disse. — Durante o seu jantar, um dos nossos técnicos estabeleceu ligação entre este telefone e aquele que se encontra no edifício-armazém, também ligado à rede interna. Depois disso, esse técnico substituiu o microfone do aparelho por um microfone ultra-sensível e preparou as coisas de modo a anular o sistema que desligaria automaticamente o telefone, logo que o auscultador fosse pousado no descanso. Por outras palavras, a ligação manteve-se, com o microfone ultra-sensível captando todos os sons depois de, *aparentemente*, o aparelho se encontrar desligado. Com o apoio do jardineiro de serviço no armazém instalámo-nos neste edifício e escutámos o desenrolar dos acontecimentos num amplificador de som, gravando-os simultaneamente em fita magnética. Quando o senhor utilizou o telefone da rede externa — Friedman indicou o outro aparelho —, para entrar em contacto com a Yard, o telefonista de serviço no PBX, depois de lhe pedir que aguardasse um momento, estabeleceu ligação com o número de telefone da rede externa do armazém e a minha voz apareceu-lhe na linha. Não sei se sabe que isto é absolutamente possível?...

Haymes manteve-se calado. A acentuada palidez e as rugas profundamente vincadas no seu rosto, mostravam que se sentia derrotado.

— Ganhámos-lhe ao *bluff*, Haymes; o senhor perdeu a partida. Estou em crer, realmente, que é um psicopata, um homem dominado por diversos complexos.

Friedman levantou o auscultador e depositou-o nas mãos algemadas de Christopher Haymes.

— Dê ordem para libertarem Mrs. Castro — disse-lhe.

— Não posso fazê-lo... a não ser que queira que a matem! Martin era o único membro da organização que me conhecia... Não me vão dar ouvidos; são capazes de se assustar e de a matarem antes de fugirem. O único homem que poderia transmitir essa ordem era Martin!

Friedman olhou-o bem nos olhos, em silêncio, como se procurasse ler-lhe o pensamento. Talvez ele estivesse a ser verdadeiro; talvez Haymes procurasse, com aquela tirada, conseguir atenuantes para a acusação que ia pesar sobre si...

— Nesse caso dê-me as instruções necessárias para a irmos buscar. Mas não tente trair-nos, Haymes. Isso custar-lhe-ia a vida antes de ser julgado!

Christopher Haymes falou...

Friedman fez um sinal a Brackett e ambos, acompanhados por dois detectives, prepararam-se para sair. Pedro aproximou-se de Friedman e segurou-o por um braço.

O inspector meneou a cabeça numa negativa que não deixava a mínima dúvida quanto à decisão tomada.

— A sua actuação terminou — disse ele. — *O passo final* pertence-me — e libertou-se da mão de Pedro.

Antes de transpor a porta para o jardim, Friedman olhou uma vez mais para Haymes.

— Há ainda um pormenor — disse ele. — Miss Hunter confessou-nos que, pensando que o ajudava a descobrir o assassino de Miss Haymes, acedeu ao seu pedido de interferir na chamada que Mr. Castro lhe fez de uma cabina de Sloane Square. Contou-nos que o senhor a mandou estar alerta a todas as chamadas recebidas, chamadas essas que ouviu através de um aparelho ligado à tomada do seu quarto, Haymes. O senhor deu-lhe instruções no sentido de permitir que Mr. Castro dissesse somente o indispensável; depois disso, ela deveria interferir na linha. Realmente, era esse o único processo que o senhor tinha para, a um só tempo, ficar de posse de alguns dados que lhe interessavam e conseguir que Mr. Castro não caísse nas nossas mãos, uma vez que estávamos a escutar a chamada em questão.

E, dito isto, Friedman, Brackett e os dois detectives saíram para a noite e para a tempestade.

Faltava ainda *o passo final...*

EPÍLOGO

Londres tinha deixado de ser sombria e soturna. Foi como se tivessem levantado um manto negro que durante seis dias cobrira toda a cidade, todos os seus cantos e recantos. Após esse negrume e a tempestade, o Sol voltou a beijar os mantos de relva de Hyde Park, de St. James, a realçar o colorido dos turistas aglomerados junto do gradeamento de Buckingham Palace. Os pombos, em Trafalgar Square, esquecidos da maldade do Homem, esvoaçavam por entre a multidão pousando sem receio na cabeça e nos ombros daqueles que lhes lançavam milho.

Os raios do Sol não se esqueceram também da estreita Wardour Street, dos seus bares e restaurantes.

O *barman* do *Aracena* colocou, sorridente, os três *Martinis* sobre o tampo do balcão.

Entre Pedro e Sam, Vera ergueu o cálice e disse, olhando o marido:

— Pelo próximo livro... *Tema* não te falta! — Apertou-lhe a mão com calor e acrescentou: — Lamento somente que não tivesses desabafado comigo: o pesadelo dividido por dois teria sido mais fácil de suportar...

Pedro sabia o principal motivo por que tinha escondido dela o pesadelo, mas nem assim conseguira afastá-la do caso, de uma agressão e de um choque que haviam destruído a esperança de Vera de lhe dar tão cedo a filha que ambos desejavam. Mas Vera estava salva e era isso, sobretudo, o principal.

Pedro ergueu o cálice e num mudo brinde olhou para Sam.

— Onde se encontra, Lucy ficará completamente curada — disse ele. — É esta a minha consolação; não terei de voltar a comprar mais anis com fins terapêuticos!... Talvez daqui a meia dúzia de anos ela volte...

Sem que qualquer dos três desse por isso, o *barman* colocou um quarto cálice de *Martini* sobre o balcão.

Só quando a sua voz se fez ouvir, Pedro, Vera e Sam voltaram a cabeça para o ver.

— A minha missão ainda não está cumprida — disse o inspector Friedman, com um sorriso. — Disponho de três dias para desempenhar o papel de guia turístico. Espero que me dêem o prazer da vossa companhia, Mrs. Castro...?

— *Bluff!* — criticou Sam, trocista. — O tipo não quer que vocês deixem Londres mal impressionados. Grande *bluff!*

— Nesse caso, já ganhou a partida — disse Vera. — Deixaremos Londres com saudades e com desejo de voltar.

Não contente ainda com aquela resposta, os olhos perscrutadores de Friedman saltaram de Vera para Pedro.

— Com saudades e com o desejo de voltar — confirmou ele, sentindo que não mentia.

Londres
Setembro, 1961
Lisboa
Março–Junho, 1962